FOLIO BIOGRAPHIES

collection dirigée par

GÉRARD DE CORTANZE

Marco Polo

par

Olivier Germain-Thomas

Gallimard

Crédits photographiques :

1 : Leemage / Costa. 2 : Leemage / Heritage Images. 3, 6 : Archives Gallimard.
4, 5 : BNF. 7, 8 et 9 : akg-images / Roland et Sabrina Michaud.
10 : Philippe Ménard. 11 : Roger-Viollet / Alinari.

Écrivain voyageur, Olivier Germain-Thomas parcourt les routes d'Asie depuis des années. Il a notamment publié *La Tentation des Indes* (Plon, 1981, puis, dans une édition revue par l'auteur, Gallimard, coll. « Folio », 2011), *Images découpées en Birmanie* (Fata Morgana, 1997), *En chemin vers le Bouddha* (Albin Michel, Poche, 2001), *La Traversée de la Chine à la vitesse du printemps* (Le Rocher, 2003), *Un matin à Byblos* (Poche Motifs, 2009), *Le Bénarès-Kyôto* (Gallimard, coll. « Folio », 2009, prix Renaudot du meilleur essai), *Manger le vent à Borobudur* (Gallimard, coll. « Le sentiment géographique », 2013). Parmi ses romans : *Princesse non identifiée* (Flammarion, 1993, Prix Valery Larbaud), *Marion ou le corps enseignant* (Le Rocher, 2000). Il a travaillé sur les œuvres de Charles de Gaulle. Il est responsable de l'émission « For intérieur » sur France Culture. En 2006, l'Académie française lui a décerné un Grand Prix de littérature pour l'ensemble de son œuvre (prix Henri Gall de l'Institut de France).

Car ce sont vraiment de merveilleuses choses à mettre en écriture.

MARCO POLO,
Le Devisement du monde, LXXI

Avertissement

Les noms de lieux et de pays varient selon les époques et les auteurs. Le plus souvent, nous avons adopté l'orthographe actuelle. Dans les citations, nous conserverons la transcription originale en mettant si nécessaire le nom moderne entre crochets.

Afin de simplifier la localisation, nous utilisons parfois des noms de pays qui n'existaient pas à l'époque de Marco Polo comme l'Irak ou l'Afghanistan par exemple. Certaines villes sont cependant difficiles à situer.

Pour les importantes villes chinoises comme Pékin, nous gardons la transcription traditionnelle. Pour les autres, nous utilisons la plupart du temps le pinyin.

Les termes d'origines sanskrites ne sont pas accompagnés des signes diacritiques.

Les extraits du *Devisement du monde* proviennent de l'édition établie par deux des plus grands spécialistes de Marco Polo : Arthur Christopher Moule et Paul Pelliot. Nous utilisons la traduction en français moderne de Louis Hambis avec des notes de Stéphane Yerasimos (éditions Phébus, 1996). Il s'agit d'un assemblage de plusieurs manuscrits fait avec une science et une minutie qui respectent l'esprit du texte. Cette édition du *Devisement* sera citée dans le présent ouvrage sans renvois à des notes de fin de volume.

Ouverture

Une vie tellement singulière qu'elle continue de nourrir les songes, d'intriguer et d'enseigner six siècles plus tard. Aller à l'extrémité de la terre, devenir un proche de l'homme qui règne en Chine, recueillir des informations sur les productions, les mœurs, les croyances, les légendes, l'organisation de multiples peuples, et revenir vingt-quatre ans après avec un récit aux conséquences imprévisibles, telle a été l'aventure de Marco Polo.

Contrairement à certains héros qui traversent l'histoire d'un pas démesuré, Marco Polo a gardé taille humaine. On s'attache à lui. Il est simple, loyal, courageux ; il sait être précis quand il observe le commerce ou certaines coutumes de dames ; il ne manque ni d'humour ni de sagacité. Il a affronté avec un calme apparent la faim, la soif, la maladie, le froid, la brûlure du soleil, la prison.

Il agace avec ses superlatifs : « Le plus gros diamant, le plus merveilleux palais, la plus grande ville, le plus superbe jardin, le plus riche, le meilleur... »

Il est possible, par amitié pour lui, d'en accuser le transcripteur du récit. Nous verrons cela.

Suivre Marco Polo, c'est sortir de soi. Déjà sur la route le grand air change le regard. Mais plus encore que le dépaysement par des terres rouges ou des fleuves impossibles à traverser, il nous oblige à nous tourner du côté d'un clair-obscur, le Moyen Âge. Suivre Marco Polo jusqu'au bout du monde, dans un temps à retrouver.

Marco Polo ne fait pas partie de ces êtres qui semblent dès l'origine taillés pour un destin exceptionnel. Sans une série de circonstances, que l'on peut revêtir du nom de hasard, à moins d'y voir la main de Dieu, une réaction plus proche de ses croyances que des nôtres, sa vie aurait dû être banale et ne laisser que des pas vite effacés sur le sable.

Le récit de cette vie suscite encore aujourd'hui des questions auxquelles les spécialistes sont incapables de répondre, ce qui n'est pas une mauvaise chose dans la mesure où les énigmes stimulent l'esprit et le maintiennent en éveil. Je soulignerai ces questions et n'y répondrai que par des hypothèses.

La première difficulté est donc d'essayer de saisir les conceptions d'un Vénitien du XIIIe siècle pour lequel — ce ne sont ici que des exemples — la terre était plate et immobile, les étoiles glissantes sur une voûte fixe, la Bible à prendre à la lettre comme le sont aujourd'hui les lois physiques, les femmes soumises à l'homme, la hiérarchie une évidence, les pouvoirs des puissants naturellement légitimes... Sur ces questions, les historiens nous guident comme ils peuvent. Mais que dire de la psychologie de Marco Polo et du vrai et du faux de son périple ? Nous ne tenons qu'une source : le *Devisement du monde*, composé trois années après son retour à Venise, sûrement inspiré par lui, mais écrit par son compagnon de captivité à Gênes, Rustichello de Pise. Lorsqu'un mythe — ou le roman, la forme qui a succédé aux mythes — évoque une figure, il oriente les faits afin de restituer les plis de l'esprit et les flux de la vie dans ce qu'ils ont de plus caché.

Il est possible de réinventer Marco Polo, de l'inscrire dans la lignée de Rama, Ulysse, Hercule, Sindbab, Tripitaka... Tel n'est pas mon dessein. Je me suis refusé, non sans tristesse certains soirs, à broder, malgré ma conviction que la fiction est plus vraie que l'apparente objectivité. Une négociation avec un caravanier, une nuit d'amour avec une Chinoise, une dispute, un élan de tendresse vers son père, un dialogue avec l'empereur Koubilaï Khan ou un lama tibétain... donneraient une épaisseur, absente du récit. Mais j'ai accepté de rester attaché au mât et de m'en tenir au *Devisement*. Si je lance une hypothèse, je lui mets une étiquette, si je saute des trajets ou des villes, c'est qu'il ne s'en dégage rien de significatif, ni même de pittoresque. En résumé, faute de recréer Marco Polo avec la puissance d'un mythe (nous découvrirons comment Italo Calvino a écrit deux pages saisissantes selon cette optique), nous en resterons aux faits avérés qui sont suffisants pour sortir des heures médiocres de nos vies qui s'étirent trop souvent entre le banal et le convenu.

Avoir bridé ma plume a eu deux avantages : éviter de répandre les âneries de celui qui se projette avec la colle de sa subjectivité dans une époque qui n'est pas la sienne ; laisser le soin au lecteur d'imaginer lui-même les nuits, les dialogues, les larmes quand un reflet sur l'eau rappelle Venise, si lointaine dans l'espace, instantanée dans la mémoire.

Il fallait de l'inconscience pour se lancer dans un récit de cette nature. N'en faut-il pas pour chaque amour, chaque exploration, chaque livre ? La gageure est de garder un ton libre dans un modèle surveillé par des règles.

Il n'y a aucune trace d'un récit que Marco Polo aurait écrit ou dicté à son retour à Venise en 1295 après les vingt-quatre années passées en Orient. Qu'a-t-il dit à ses proches qui l'avaient oublié ? L'a-t-on cru ? S'est-il tu devant l'extraordinaire de son épopée, comme certains renoncent à raconter une expérience ou une épreuve trop étrange pour pouvoir être transmise ? Trois ans plus tard, alors qu'il est emprisonné à Gênes, il rencontre un certain Rustichello de Pise, un écrivain qui serait tombé dans l'oubli s'il n'avait partagé avec son compagnon la « chance » de devoir tuer le temps, comme on dit en oubliant la force ambiguë de la formule.

Rustichello était un Pisan qui écrivait en français, langue dominante en Europe après le latin. Il a passé de nombreuses années loin de l'Italie pour se faire reconnaître comme écrivain selon les goûts des romans de chevalerie tels qu'ils étaient diffusés en France et outre-Manche. Jacques Heers cite les titres de deux de ses ouvrages qui nous donnent une indication de son inspiration : *Gyron le Courtois avecque la devise des armes de tous les chevaliers de la table Ronde,* et : *Leliadus de Leonnoys. Ensemble plusieurs autres nobles prouesses de chevalerie faictes par le Roi Artus, Palamède et Galliot du Pré*[1] *. Ceux qui les ont lus, dont je ne suis pas — pas plus que la plupart des auteurs qui les évoquent —, les jugent faits de bric et de broc, sortes de compilations dénuées d'intérêt avec des chronologies fantaisistes. Il lui arrive, par exemple, de situer Tristan avant son père Meliadius. Il avait néanmoins le talent de mettre du piquant et du brillant dans ses récits afin de tenir en haleine son lecteur. C'est ainsi qu'il acquit une bonne réputation et devint familier du roi Édouard d'Angleterre qu'il aurait rencontré à Palerme avant de l'accompagner à la cour d'Angleterre. Quoi qu'il en soit, il est fait prisonnier en 1284, lors de la bataille de la Melaria, alors que la flotte génoise assiégeait les Pisans et mettait fin à l'expansion de la cité toscane. Enfermé à Gênes, il y est encore quatorze années plus tard, en 1298, quand il rencontre Marco Polo qui s'y trouve à la suite de la défaite vénitienne de la bataille de Curzola sur la côte dalmate, à moins que Marco Polo ne soit retenu à Gênes depuis 1296. L'un des prisonniers tient une

* Les notes bibliographiques sont regroupées en fin de volume p. 216.

histoire fabuleuse, l'autre manie la plume avec aisance. L'affaire est conclue.

Voici que surgit une double question : quelle part de l'un, quelle part de l'autre dans les manuscrits qui nous sont parvenus ? Et dans la mesure où il est évident que Rustichello a mis du sien dans le texte, n'a-t-il pas eu tendance, en suivant sa pente naturelle, à enjoliver le récit ? D'un autre côté, Jacopo di Aqui affirme que peu de temps avant de mourir, à l'heure où tombent les masques, Marco Polo lui a dit : « *Non scripsi mediantem de iis quae vidi.* » Je n'ai pas écrit la moitié de ce que j'ai vu.

Passons sur cette remarque qui dénote plutôt un homme sur la défensive pour n'avoir pas toujours été cru, soit à cause de la nature même de ses découvertes, soit à cause de ses exagérations. On ne saisit pas quelles seraient les choses encore plus extraordinaires qu'il aurait pu voir. Notons que certains mouvements de style ne correspondent pas au tempérament de Marco Polo tel qu'il apparaît au fil des pages. Ainsi de l'exhortation du début, toute vibrante de l'art de Rustichello :

> Seigneurs, Empereurs et Rois, Ducs et Marquis, Comtes, Chevaliers et Bourgeois, et vous tous qui voulez connaître les différentes races d'hommes et la variété des diverses régions du monde, et être informés de leurs us et coutumes, prenez donc ce livre et faites-le lire.

Mais même si Marco Polo avait directement écrit le récit de son aventure, ou si son père ou son oncle l'eussent fait, la question de la *vérité* se poserait avec autant d'acuité. Si l'on additionne les trous de mémoire, les postures, les petits secrets, les effets littéraires... il apparaît impossible à quiconque de rendre le temps réel par les mots.

Ne pouvant établir, après tant de savants aux opinions divergentes, les proportions de paternité entre le Vénitien et le Pisan, j'adopterai le livre tel qu'il est avec la certitude qu'il aurait pu exister sans Rustichello, jamais sans Marco. À la manière chinoise, comme on dit maintenant le *Laozi* pour l'ouvrage attribué au sage taoïste Laozi (Lao-Tseu), ne pourrait-on titrer le récit du Vénitien le *Marcopolo* ? Cette suggestion nous conduit à nous interroger sur le titre.

Le premier manuscrit dont la trace a été gardée s'intitulait : *Le divisiment dou monde de messer March Pol de Venece*. S'il a existé un autre texte, il a disparu. *Divisiment* est de la famille de *devis* qui signifie une description, un propos. Le but de l'ouvrage est de *décrire* le monde. Les autres titres des manuscrits postérieurs ont leur raison d'être, mais de raisons plus étroites, comme *Le Livre des Merveilles*, trop romanesque, *Il Milione*, d'une dangereuse ambiguïté, ou *Le Livre du Grand Khan*, qui n'éclaire qu'une partie du récit.

Nous reviendrons plus tard sur l'épineuse question des manuscrits. Fort heureusement, malgré les enchevêtrements complexes, les différents textes proposent des variantes qui sont, certes, importantes mais qui ne touchent pas les épisodes les plus substantiels et ne modifient en rien le portrait de Marco Polo que l'on peut en tirer.

La meilleure édition en français du XIIIe siècle est incontestablement celle du passionné Philippe Ménard en six volumes, chez Droz, de 2001 à 2009.

La terre est encore plate

Sur la route qui va de Kerman à Ormuz à travers les montagnes de la Perse, Marco Polo, son père Nicolo et son oncle Matteo (nommé Maffeo en vénitien) ont échappé à l'attaque de pillards qui possèdent le pouvoir de faire descendre l'obscurité sur la terre. Plusieurs de leurs compagnons de caravane ont été dépouillés avant d'être tués ou vendus comme esclaves.

Souvent jusqu'à maintenant la mort s'est approchée des voyageurs vénitiens. Ils l'ont évitée comme ils l'éviteront de nombreuses fois avant leur retour vingt-trois ans plus tard. On peut croire qu'ils s'en sont étonnés ; on peut croire aussi qu'ils se sentent protégés. Aucun aventurier ne réussit l'impossible sans être candidement habité par la foi en une protection. Cette foi, qui est aussi celle des artistes, des amoureux ou des mystiques, n'empêche nullement la prudence, le coup d'œil fulgurant, si un choix est possible. Quand la volonté n'a aucune prise, on pratique la confiance, qui est une grâce. Les trois voyageurs savent cela d'instinct et gardent l'âme paisible après chaque épreuve. Ils ne connaissent guère les regrets, encore moins les remords. Ils tracent. Depuis Venise, leur itinéraire les a conduits à Saint-Jean-d'Acre au Levant, puis à travers l'Asie Mineure, le sud de la mer Caspienne, Kerman et, de là, à Ormuz dont le port, dans un coude du golfe arabo-persique, est encore sur la côte. Plus tard, il sera transféré sur un îlot du détroit.

Ormuz est un port très actif où accostent des navires chargés de marchandises dont certaines sont arrivées par voie terrestre de la Méditerranée orientale. Ils repartiront chargés de soieries, de pierres précieuses, d'épices ou de défenses d'éléphant en provenance des Indes, tous ces biens revendus avec d'énormes bénéfices à une chrétienté qui nourrit ses rêves des fastes de l'Orient. En transitant par Trébizonde ou Byzance, beaucoup de ces marchandises chatoyantes arrivent à Venise qui s'est fait une spécialité du commerce avec l'Orient. Des siècles plus tôt, de semblables biens avaient enchanté la haute société de la Rome antique.

D'autres navires cinglent vers l'Inde et la Chine. Dans cette seconde moitié du XIIIe siècle, le commerce est florissant entre l'Est et l'Ouest. Les voies sont en partie sécurisées par la rigoureuse organisation de l'Empire mongol qui s'étend du nord de la Chine à l'Asie Mineure, un empire dont la puissance n'a pas d'équivalent. Il est plus solide que celui d'Alexandre le Grand et durera encore un siècle ; plus étendu, plus varié que celui de Rome qui s'est dissous dans la vague de l'histoire, ou que celui de Byzance, la seconde Rome, qui commence à tomber par morceaux. Deux siècles plus tard, il deviendra un souvenir.

La sécurité, qui sera la gloire de l'Empire mongol, connaît des failles, à la fois sur les routes terrestres soumises à des bandes de voleurs et à des révoltes de « barons », ou dans la mer et les ports de la Chine du Sud que Koubilaï Khan n'est pas encore arrivé à conquérir. C'est lui, l'empereur insatiable, impitoyable et curieux qui est le but du voyage des Vénitiens.

Voici sept années qu'il a confié une étonnante mission à Nicolo et Matteo quand il les a reçus à la suite de nombreuses péripéties. Les attend-il encore ? Cette question ne doit pas préoccuper les voyageurs puisque après avoir passé des années à attendre l'élection d'un nouveau pape, ils sont repartis, cette fois avec le jeune Marco. Ils ont avec eux une lettre du pape Grégoire X nouvellement élu et une huile précieuse qu'ils sont allés prendre à Jérusalem tombée aux mains des musulmans.

Ils connaissent les difficultés des routes dont ils viennent d'éprouver les dangers. Ils ne doivent pas ignorer que l'empereur siège maintenant plus à l'est, derrière des déserts et des montagnes, là où la mort prend le visage du soleil, de la neige ou des brigands.

Le projet est donc de trouver à Ormuz un bateau pour la Chine. Sinon, pourquoi être venus dans ce cul-de-sac qui les a éloignés des voies terrestres qui conduisent au but ?

Mais les voici pris de crainte. Quand on est de Venise, on connaît les bateaux comme le paysan connaît la charrue. Selon le récit de Marco Polo, ils sont dangereux car fabriqués d'un bois dur d'une espèce cassante. Les planches sont fixées entre elles avec de petites chevilles puis cousues avec du fil grossier qui ne résiste pas à une tempête, les ancres ne sont pas en fer.

On parle sur les quais du port. Les Polo apprennent que beaucoup de ces bateaux qui transportent des chevaux jusqu'en Inde sombreront dans une mer qui, à ses heures, devient terrible. Ce serait folie que d'emprunter de telles embarcations.

Les trois Vénitiens se concertent. Ayant exclu le voyage vers la Chine par voie maritime, il leur reste deux possibilités. Prendre un bateau pour le fond du golfe et, de là, repartir vers l'Asie Mineure, le Proche-Orient ou la mer Noire sur les rives de laquelle la famille Polo possède une maison dont le souvenir est doux comme un foyer. Cette option est d'autant plus tentante qu'ils ne sont pas accompagnés par les lettrés que Koubilaï leur a demandé d'amener. Ils auraient pu changer la nature de l'Empire mongol selon l'espoir du pape Innocent IV qui souhaitait voir les Mongols s'incliner devant la Croix. Autre éventualité : affronter à nouveau les brigands magiciens de cette partie de la Perse puis prendre la route des caravanes vers l'inconnu avec les dangers inédits qu'il faudra vaincre pour arriver enfin devant le nouveau palais de l'empereur.

Ils ne savent pas, personne ne saura avant deux siècles, que de leur décision dépend une partie du destin du monde, la découverte de l'Amérique par

Christophe Colomb. Les conséquences de leur choix nous semblent tellement extravagantes qu'il nous faut reprendre notre souffle avant de comprendre pourquoi ces trois marchands de Venise sont à Ormuz, pourquoi leur épopée ébranlera les désirs et l'imaginaire d'une Europe encore jeune qui apprendra un jour que la terre est ronde. Elle est encore plate ; la Chine en marque la limite.

En route

Marco Polo est un Vénitien, marchand, aventurier, chrétien du XIIe siècle.

Pendant vingt-quatre ans, de son départ de Venise en 1271 à l'âge de dix-sept ans avec son père Nicolo et Matteo son oncle, jusqu'à son retour en 1295, il connaîtra une destinée rendue exceptionnelle par la distance parcourue, la durée, les responsabilités qui furent les siennes, et le témoignage qu'il en a rapporté. De Venise à Pékin (Kambaluc, la cité du Grand Khan), il traverse l'Asie dans un sens avant de se mettre au service de l'empereur mongol Koubilaï Khan. Son empire s'étendait de la mer Noire au Pacifique, de la Russie à l'océan Indien en passant par l'Arménie, l'Irak, la Perse, l'Afghanistan, la Mongolie, une partie du Tibet et de la Birmanie, enfin les deux morceaux de la Chine rassemblés (au nord le Catai, au sud le Manzi) qui resteront soumis pendant un siècle à la dynastie mongole Yuan qu'il a fondée.

Quand les Vénitiens obtiennent enfin de l'empereur l'autorisation de regagner leur patrie, le voyage du retour, en partie par voie maritime, leur prendra quatre années, la même durée que le trajet à l'aller par voie terrestre.

L'aventure commence par une attente au Levant : l'élection d'un nouveau pape car, dès le départ, en plus du dessein commercial, les Polo ont été choisis pour établir des relations entre le christianisme romain et l'empereur Koubilaï dont la mère était une chrétienne nestorienne, une Église séparée de Rome et de Byzance, non du Christ. Une fois Thibault de Plaisance élu sous le nom de Grégoire X, Marco, son père et son oncle se dirigent vers l'Asie Mineure. Ils admirent la montagne sur laquelle l'Arche de Noé s'est échouée, rencontrent des chrétiens nestoriens, des Sarrasins (musulmans), passent par Mossoul.

Ils arrivent en Perse où, naturellement, ils rencontrent les Rois mages. Dans les contrées sauvages du centre du pays, ils évoquent la légende du « Vieux de la Montagne » et de ses sbires, les « assassins ».

L'itinéraire choisi, ou imposé par les circonstances, les conduit au nord de l'Afghanistan et dans les hautes montagnes de Pamir avant d'atteindre Kashgar comme une terre promise. Puis la traversée du désert de Gobi est une des plus rudes épreuves.

À plusieurs reprises, Marco Polo s'attache à l'histoire du roi-prêtre Jean qui a hanté les imaginations et les espoirs de la chrétienté. Il aurait existé, derrières les lignes des Sarrasins, un royaume chrétien susceptible d'aider les croisés au Levant en prenant leurs adversaires à revers. Ce roi était l'ami invisible prêt à venir secourir la Croix de sa lointaine Asie.

Enfin, la Chine du Nord avec la vaste plaine du fleuve Jaune conquise par les Mongols avant leur expansion vers le sud, là où le pouvoir raffiné et rétréci de la dynastie Song s'était réfugié. C'est l'occasion pour Marco Polo d'évoquer la culture des Mongols, leur histoire, leurs mœurs.

Après quatre années de chevauchées et de marches à travers plaines, montagnes ou déserts, après cent épreuves aux inventions variées, les Vénitiens sont introduits auprès du Grand Khan dont ils observent les fastes avec émerveillement. La description du palais, des fêtes, des chasses, de l'organisation politique, économique, financière de l'empire est un morceau de choix qui justifie le mot de *merveille* si souvent accolé aux univers découverts par Marco Polo. Sur cet empire règne Koubilaï, petit-fils de Gengis Khan, d'une exceptionnelle intelligence politique alliée à une ouverture d'esprit, notamment à l'égard des religions, et à une vive curiosité pour les manières de gouverner dans cet Occident lointain d'où venaient nos voyageurs ébahis.

Certes, le destin de Marco Polo est déjà hors du commun ; il deviendra unique grâce à la qualité des liens de ce jeune homme de vingt et un ans (ou plus, si l'on considère qu'un an sur la route en vaut bien deux sur les bancs d'une école) et de Koubilaï qui semble saisir vite quelle pourra être l'utilité de s'attacher un étranger qui parle avec aisance le mongol, le perse, le turc, peut-être le ouïgour, qui a pu observer pas à pas l'immense espace traversé avec une intelligence aiguë, et qui expose clairement les situations — pourquoi pas avec art ? Sans ce lien, Marco Polo ne serait pas sorti du lot des nombreux étrangers qui gravitaient autour de l'empereur.

Pendant des années, Koubilaï confiera au jeune (puis moins jeune) Vénitien des missions d'information, de vérification des comptes dans divers territoires de l'empire, ou dans les pays limitrophes que le conquérant guignait. Durant trois ans, Marco Polo assumera même des responsabilités (grandes, petites ou moyennes ?) dans la ville de Yangzhou, non loin du fleuve Bleu (Yang-tsé-kiang) dont un des bras se jette du côté de l'actuelle Shanghaï. Marco Polo découvre avec un émerveillement justifié Hangzhou, la dernière capitale des Song, se rendra dans le Séchouan, le Yunnan, en Birmanie, visitera Ceylan et l'Inde. S'il évoque l'or de Cipangu (le Japon), où il n'est pas allé, c'est, comme on l'a vu, pour permettre à Christophe Colomb deux siècles plus tard de trouver des financements aux fins de réaliser son rêve circulaire. Ainsi l'or prendra-t-il la couleur du sang des Amérindiens…

Dans son ouvrage *Découvreurs d'Amériques*, Marie Hélène Fraïssé écrit à propos du *Devisement* :

Ce livre resté en faveur parmi les lettrés se trouve au chevet de tous les découvreurs d'Amériques. Colomb ne se sépare jamais de son exemplaire manuscrit, surtout lors de ses voyages. Persuadé de se trouver en Asie, à quel autre guide se référerait-il que le meilleur à ses yeux : celui des frères Polo. Et comme il n'est pire aveugle que celui qui ne veut pas voir, tout ce qu'il rencontre lui confirme qu'il est en Asie [1].

Un manuscrit du *Devisement* dans la version latine de Pipino imprimé à Anvers en 1485, et conservé à la bibliothèque Colombine de Séville, a été annoté par Christophe Colomb à soixante-dix reprises.

Quand, après tant d'années, les Polo supplient l'empereur de leur permettre de regagner Venise, il faudra une occasion imprévue où le hasard joue à cache-cache avec le destin pour qu'il leur donne enfin l'autorisation. Cocasse et tragique, l'histoire sur laquelle nous reviendrons, possède une solide aura romanesque. Une princesse de dix-sept ans jolie comme le ciel, un vieux monarque, une expédition maritime, les Indes, Java, des tempêtes, des corsaires ou des maladies, la mort, l'amour, la séparation…

De la Perse à la mer Noire, voyage par voie terrestre puis, assez simplement (tout est relatif), Trébizonde, Constantinople, Venise. Alors que vingt-quatre ans après son départ un Marco Polo de quarante et un ans s'approche de la demeure de ses ancêtres, voici l'heure grave des soupçons.

Énigmes

La question la plus cruciale est celle-ci : Marco Polo s'est-il vraiment rendu en Chine ? N'aurait-il pas, après un voyage sur des routes connues, recueilli des informations auprès de voyageurs venus d'Extrême-Orient ? Les aurait-il rassemblées pour en faire un beau récit ? Cette thèse, qui avait été évoquée jadis, a été réactualisée naguère par Frances Wood dans son ouvrage : *Did Marco Polo go to China ?* L'hypothèse s'appuie sur plusieurs arguments : le *Devisement* évoque des contrées où Marco Polo, de toute évidence, n'est pas allé. Mais le récit le dit en toutes lettres dès la première page :

> Sans doute il y a ici certaine chose qu'il [Marco] ne vit pas, mais il les tient d'hommes dignes d'être crus et cités. C'est pourquoi nous présenterons les choses vues pour vues et les choses entendues pour entendues, en sorte que notre livre soit sincère et véritable sans nul mensonge, et que ses propos ne puissent être taxés de fables.

Hélas, les séparations entre les contrées racontées à partir de récits glanés çà et là et les lieux visités ne sont pas aussi nettes que ces lignes l'affirment.

Mais la nature même des informations et des recoupements faits avec objectivité permet, à quelques hésitations près, de tracer une ligne de partage. Ainsi sait-on maintenant qu'il n'est pas allé jusqu'à Bagdad, ni au Japon, ni en Sibérie, encore moins dans la corne de l'Afrique, et qu'il n'a pas pénétré bien loin dans l'immense Tibet.

Mais il se met en scène dans une bataille qui a eu lieu après son retour.

Certes ! L'affabulation n'est pas à négliger. On peut cependant retourner l'argument. Si le *Devisement* était une falsification, les auteurs auraient pris soin de vérifier les dates. Le faux est un art qui demande du sérieux. Sans accabler le pauvre Rustichello que l'histoire a oublié, et qui a vécu douze années dans les prisons génoises, on peut l'imaginer rajouter un épisode qui valorise son héros. Marco Polo a l'esprit comptable, Rustichello la plume vagabonde.

Marco Polo n'évoque pas la culture du thé.

La belle affaire ! Les historiens font d'abord remarquer qu'à cette époque le thé était principalement cultivé dans des régions que le Vénitien n'a pas visitées. Rappelons d'autre part que le texte a été écrit pour un public occidental attentif à l'or, aux pierres précieuses, à la soie, aux épices... nullement intéressé par une boisson qui n'avait pas d'équivalent dans les habitudes médiévales. Parlez-nous de choses sérieuses comme les boissons alcoolisées ! Il ne manque pas une occasion de le faire avec précision : celle-ci à base de riz, celle-là à partir de jus de palme.

Il ne décrit pas la grande muraille, devenue pour nous le symbole de la Chine.

Mais il lui arrive souvent d'être impressionné par la longueur de murailles autour de villes. Des bouts de la grande muraille sans en deviner la continuité ? Il faut le vouloir pour la saisir dans son ensemble. Marco Polo avait d'autres préoccupations, suivaient d'autres itinéraires. Notons également que les tronçons de la grande muraille, piétinés aujourd'hui par des millions de visiteurs qui ont saccagé son mystère à force de s'y photographier, ont été reconstruits à l'époque des Ming (1368-1644).

Et les pieds bandés des malheureuses Chinoises, coutume qui fait partie de notre collection de clichés, pourquoi ne s'y intéresse-t-il pas ?

Allons ! Un récit de voyage est nécessairement un choix. Même l'étude « savante » d'un pays ne saurait tout dire. On éclaire selon ses envies. Faute de pieds, Marco Polo prend plaisir à nous décrire d'incongrues coutumes sexuelles, et l'on peut aisément deviner que les lecteurs de l'époque ont été plus émoustillés par celles-ci qu'ils ne l'eussent été par ceux-là.

La querelle est dépassée. Les historiens rigoureux sont persuadés que Marco Polo s'est bien rendu à la cour du Grand Khan et qu'il l'a servi pendant seize années. Les erreurs et les manques relevés sont la preuve d'une certaine légèreté, d'un désir de séduire le lecteur — monnaie commune —, non d'une falsification comme ce fut le cas avec le voyage de Jean de Mandeville. Des documents trouvés depuis ou des études sur les mœurs de certaines populations décrites par Marco Polo, inconnues jusqu'alors, prouvent l'authenticité de la majorité des informations. Le grand voyageur Aurel Stein, dans son ouvrage *Ruins of Deserts Cathay*[1], indique qu'il a découvert plusieurs villes perdues dans les sables grâce au livre de Marco Polo qu'il avait emporté avec lui et dont il suivait les indications.

Autre question, de loin plus intéressante parce qu'elle nous oblige à additionner des réponses sans pouvoir évaluer la part de chacune : quels ont été les buts des Vénitiens quand ils se sont lancés vers un inconnu où rôdait la mort ?

Il faut accepter la combinaison de trois desseins : l'intérêt marchand (qui ne suffit pas à lui seul) ; la mission politique donnée par le pape d'entrer en relation avec le redoutable Empire mongol qui, après avoir été un adversaire, pouvait devenir un allié en Terre sainte ; enfin, le goût de l'aventure, et l'on sait combien ce goût a poussé des cœurs vaillants vers des routes, des mers, parfois des corps, des âmes, où risquer sa vie pour la joie quasi mystique de s'être dépassé.

Marco Polo n'est pas un être ordinaire malgré le prosaïsme de certaines de ses remarques qui nous agacent d'autant plus que nous aimerions voir en lui un chevalier de l'inconnu. Son influence sur l'imaginaire médiéval et sur le cours des découvertes ultérieures, bien que tardive, a été à la hauteur de son audace.

Outre la marque déterminante sur l'esprit de Christophe Colomb, son récit a influencé les voyageurs portugais partis à la découverte de l'Asie en contournant l'Afrique. La tentative d'évangélisation de la Chine par les Jésuites au XVIe siècle — tentative avortée pour les mêmes raisons à l'origine de bien des échecs : la peur devant de nouvelles portes — a-t-elle trouvé une impulsion chez le Vénitien ? Le raccourci est hardi mais nous verrons combien il insiste sur la présence des chrétiens nestoriens tout au long de sa route, un stimulant pour un catholicisme dont le théâtre devenait la terre entière. Et les « chinoiseries » du XVIIIe siècle, qui ont évidemment bien d'autres causes, n'ont-elles pas intégré quelques empreintes de cette longue marche ?

Maintenant, une énigme qui, faute de découvrir un manuscrit antérieur au *Devisement* en français, restera insoluble : pourquoi Marco Polo aurait-il attendu trois ans après son retour, un emprisonnement et une rencontre, avant de livrer par écrit le récit de son périple ? Certains ont pu croire qu'une version en vénitien ou en lombard aurait été perdue. On peut aussi penser qu'il n'était pas habité par le souci de témoigner. Vivre lui suffisait, sagesse médiévale oubliée. J'évoquerai une autre hypothèse : un emprisonnement peu après son retour à Venise. On comprendrait mieux, dans ces conditions, pourquoi il aura fallu la rencontre avec un autre prisonnier pour déclencher le déclic de l'écrit.

Cette question nous conduit à une autre déjà posée sur les marques spécifiques de Marco et de Rustichello dans le texte. Chacun pourra, à sa guise, tirer d'un côté ou de l'autre tout en sachant que la balance est naturellement inégale entre le greffier et celui qui est la matière même du récit. Rustichello est interchangeable, Marco est irremplaçable.

Le père et l'oncle

L'un des avantages de (l'éventuelle) existence du Paradis serait la réparation des injustices. L'histoire et sa complice la légende ont été injustes à l'égard de Nicolo et Matteo Polo. Sans eux, jamais Marco n'aurait contemplé les murailles de Kambaluc (Pékin). Lors d'un premier voyage, ils ont ouvert la voie avant de repartir avec le jeune Marco, leur fils et neveu qui les a accompagnés à l'aller comme au retour.

Les deux frères étaient des marchands, assez riches pour posséder une belle demeure à Venise, une maison à Constantinople (Byzance), et une succursale à Soldaïa (Soudak), ville peuplée en majorité de Grecs orthodoxes située dans la partie nord de la mer Noire, non loin de l'actuelle Yalta. Ils ne faisaient cependant pas partie des instances dirigeantes de Venise.

Ils quittent leur cité en 1253 sur une de leurs nefs remplie de marchandises à vendre. Ils arrivent à Constantinople qui, depuis 1204 et les lamentables pillages de la quatrième croisade, avait pour empereur un catholique, Baudouin II, et sera gouvernée en sous-main par Venise jusqu'en 1260, quand les Byzantins reprendront leur ville et chasseront les Latins du pouvoir avec la complicité de Gênes. De Constantinople, où ils achètent de nouvelles marchandises, ils mettent la voile vers Soudak. De là (le commerce est-il le seul dessein ?), ils partent à cheval jusqu'à la cour de Berké, souverain mongol de la Horde d'Or, qui se trouve près de la Volga. Accueil majestueux, échange de cadeaux. Ils y restent un an. Au moment où ils désirent retourner à Venise, une guerre de Tartares (Mongols) les empêche de reprendre la route vers l'ouest. Ils choisissent de contourner les zones des conflits pour gagner Boukhara (dans l'actuel Ouzbékistan, au nord-ouest de Samarkand). Mais les Tartares continuent de s'étriper. Les voici obligés de rester trois ans dans cette ville qu'ils apprécient comme « la meilleure de toute la Perse ». On ignore quelles furent leurs occupations. On peut aisément supposer que, depuis le départ, ils avaient pu écouler leurs marchandises. Commerce sur place ? Rude gageure si loin de ses bases même quand on a l'esprit de Venise dans le sang. Il faut un réseau, des caravanes, des entrepôts. Nous rencontrerons souvent ces sortes de situations où les pages demeurent muettes. Aux esprits imaginatifs de bâtir des scénarios. Je m'en tiens à ma ligne et attends avec eux le retour de la paix sans rien dire. Elle arrive enfin ! Les Polo regardent alors avec espoir la route du foyer.

À ce moment, un homme envoyé par un seigneur du Levant vers Koubilaï Khan les convainc en langue tartare de voyager avec lui jusqu'à la cour du Grand Empereur qui n'a jamais vu aucun Latin « et qui a grand désir et volonté d'en voir ». Faut-il, dans leur acceptation qui semble dénuée d'hésitation, déceler une insistance vigoureuse de la part de l'envoyé, de l'intérêt commercial, une arrière-pensée politique, de la curiosité, ou un dosage subtil de toutes ces causes ? Encore une fois, mais en vain, nous aimerions ne pas trop balancer.

Les routes sont inconnues pour Nicolo et Matteo, mais cette fois elles sont sûres. Le trajet leur prend une année à cause des neiges et de la crue des rivières à leur fonte. Enfin, ils arrivent auprès de Koubilaï, très probablement à Karakorum où il tenait sa cour. Il leur fait « très grande fête et réjouissance ». Ravi de rencontrer enfin des Latins, il les questionne sur les pays du soleil couchant. Comment les monarques gouvernent-ils, rendent la justice, vont à la bataille ou organisent les ambassades ? La mère du Grand Khan, fille du roi Toghrul, était issue de la famille des Turcs Kereyits qui étaient des chrétiens nestoriens. Il est donc particulièrement curieux de s'informer « sur le successeur des Apôtres [le pape], et sur les Cardinaux, et sur la Foi et sur les autres faits de l'Église Romaine et sur tous les usages et coutumes des Latins ». En lui répondant avec précision en langue mongole, les deux frères gagnent sa confiance. Après avoir réuni ses barons pour leur demander leur avis et reçu leur approbation, l'empereur décide d'envoyer les Vénitiens comme messagers auprès du pape. Il fait rédiger des lettres en turc afin de les confier aux deux frères :

> [Il demande à l'Apôtre de] lui envoyer jusqu'à cent hommes savants à enseigner la religion et doctrine chrétienne, et qui aussi sussent sept arts et fussent capables d'enseigner son peuple, d'arguer habilement et montrer clairement à lui et aux idolâtres, et aux autres classes de gens soumis à ses lois, que toute leur religion est fausse et que toutes les idoles qu'ils tiennent et adorent en leur maison sont choses diaboliques, et qui sussent bien montrer clairement par raison que la foi et religion chrétienne est meilleure que la leur et plus vraie que toutes les autres religions ; et s'ils le prouvaient, lui et tous ses potentats deviendraient vassaux de l'Église.

L'affaire est suffisamment importante pour que nous prenions le temps d'une halte après avoir précisé que les « sept arts » qui sont, de toute évidence, un mode de connaissance de la culture européenne sont : la rhétorique, la logique, la grammaire, l'arithmétique, l'astronomie, la musique et la géométrie. Si la demande ne saurait être remise en question dans la mesure où elle a été transmise au futur pape, les critiques de l'empereur sur les « idolâtres » sonnent comme une interprétation *a posteriori*.

Commençons par quelques remarques. À cette époque, le lien entre l'Empire mongol et les religions était fondé sur l'acceptation des différences à condition que chaque croyance respecte l'autorité du pouvoir. Pratiquant à l'origine une forme de chamanisme, les Mongols avaient englobé dans leur empire des populations marquées par le bouddhisme tibétain (le vajrayâna, une forme du mahâyâna) ; des Chinois adeptes du confucianisme, avec néanmoins la présence d'écoles bouddhiques bien qu'elles eussent été affaiblies sous les Song aux Xe et XIe siècles, auxquels il faut ajouter des taoïstes dont l'influence était notable à la cour du Grand Mongol. Le long de la route de la Soie ou dans les terres vers l'Occident, cohabitaient des communautés nestoriennes et des musulmans qui gagnaient du terrain ; en Perse, centre essentiel pour la circulation des religions, le zoroastrisme était en déclin sous la poussée de l'islam tandis que les nestoriens, la minorité de manichéens et le bouddhisme qui avait encore des adeptes demeuraient en sursis. Dans les franges de l'empire, l'Inde restait dominée par l'hindouisme malgré l'expansion musulmane à partir du sultanat de Delhi. Pendant plus d'un millénaire le bouddhisme y avait rayonné, et c'est de sa terre d'origine qu'il s'était répandu à l'ouest (Afghanistan), dans le Sud-Est asiatique, en Chine, au Tibet, en Corée, enfin au Japon.

La critique du Grand Khan à l'endroit des « idolâtres » qui englobent, dans l'esprit des Vénitiens, les bouddhistes, taoïstes, confucéens, hindous... n'est pas crédible. Cette critique est à l'usage des catholiques persuadés d'être les seuls à détenir la vérité. Les nestoriens sont chrétiens, mais dans l'erreur. Les Sarrasins sont naturellement des adversaires à cause des guerres en Terre sainte. En grand politique, Koubilaï cherche avant tout à maintenir un équilibre entre les courants religieux qui traversent et fécondent son empire, même si des signes commencent à percer de la prédilection des Mongols pour le bouddhisme tibétain qu'ils finiront par adopter. À l'époque où les frères Polo reçoivent la lettre de l'empereur au pape, les Mongols croyaient en un Dieu unique dont les attributs n'étaient pas précisés, mais qui avait un représentant sur terre : le Grand Khan. Faut-il y voir une influence des empereurs de Chine des grandes époques, qui étaient naturellement et impitoyablement les représentants du Ciel ?

Pour les Mongols, les religions étaient les manifestations humaines d'une même croyance. Ils disaient :

> De même que Dieu a donné à la main plusieurs doigts, il a donné aux hommes plusieurs voies.

Mais Mongka, Grand Khan de 1251 à 1259 avant que son frère Koubilaï ne lui succédât après sa mort, avait adressé au roi de France Saint Louis la lettre suivante :

> Au ciel, il n'y a qu'un seul Dieu éternel et, sur la terre, qu'un seul maître, Gengis Khan *[1].

Cette question d'un empire universel dirigé par un seul maître n'est pas nouvelle dans l'histoire des hommes. Un millénaire et demi plus tôt, Alexandre le Grand qui, par ailleurs, n'était oublié ni dans la conscience des Européens ni sur les routes que les Polo allaient emprunter, s'était cru investi d'un tel

* Gengis Khan, son grand-père, était le fondateur de la lignée.

dessein. Pour le meilleur et pour le pire, la chrétienté *catholique* (universelle) reprendra cette mission sur un autre plan. Alors qu'Alexandre le Grand avançait sur les terres de Darius qui était à la tête du plus grand empire de l'époque, ce dernier lui proposa de lui céder une partie de son territoire. Réponse du Macédonien, selon Diodore de Sicile :

> Il répondit aux ambassadeurs que comme la constitution de l'univers serait dérangée par la présence de deux soleils, de même l'empire de la terre tomberait dans la confusion et le désordre sous la puissance égale de deux rois [2].

Au sein des rapports entre l'Empire mongol et l'Europe chrétienne qui cherchait un allié pour prendre les musulmans à revers, il y aura toujours cette ambiguïté : d'un côté les chrétiens espèrent la conversion des Mongols, de l'autre, le Grand Khan, souverain du monde, demande la vassalité de l'Europe.

Dans le passage cité du *Devisement*, Koubilaï se montre sous un autre jour sans que l'authenticité du propos puisse être établie. Est-il sincère quand il laisse entendre qu'il pourrait se convertir ? Ne cherche-t-il pas plutôt, en fin politique, à établir un équilibre entre les musulmans dont il constate la poussée, les lamas du bouddhisme tibétain si influents à la Cour grâce à leurs pouvoirs « magiques », et les confucéens qu'il juge méprisants, voire hostiles, dans cette Chine du Nord nouvellement conquise ?

Laissons-lui une part de franchise, ou de fidélité à sa mère, quand il demande aux deux frères :

de lui rapporter une peu de l'huile de la lampe qui brûle devant le sépulcre de Dieu à Jérusalem. Pour laquelle il avait la plus grande dévotion, car il croyait le Christ au nombre des dieux saints et pour ce le tenait en très haute vénération.

Si l'on se souvient que le voyage de Venise à la Chine avait duré douze années, on ne peut qu'admirer le mélange de vaillance et d'insouciance de Nicolo et Matteo qui prennent l'engagement de revenir.

Pour le trajet de retour, ils seront aidés par une tablette d'or gravée du sceau royal qui leur permettra d'obtenir nourriture, logement et escortes tout au long des routes de l'empire qui sont devenues beaucoup plus sûres depuis que les troubles ont cessé.

Trois ans plus tard, les deux frères Polo arrivent à Laïas (Ayas), aujourd'hui Iskenderun dans le golfe d'Alexandrette en Turquie actuelle, là où l'ancienne Phénicie rejoint la côte d'Asie Mineure, un port au confluent de l'Europe et de l'Asie où s'échangent épices, draps, cotons, soies, objets gardés dans des entrepôts. Là se retrouvent des marchands de Venise, Pise, Gênes et ceux qui viennent d'Asie pour acheter et vendre. Les Polo s'embarquent sur un navire pour Saint-Jean-d'Acre, la dernière place forte tenue par les croisés dans ce qui fut le royaume de Jérusalem dont la perte presque complète apporte rancœur et chagrin à bien des âmes de l'Europe chrétienne. L'établissement de royaumes francs sur cette terre qui avait vu naître le Christ, et qui avait été chrétienne au sein de l'Empire byzantin, avait représenté un beau rêve maintenant brisé à cause des divisions entre chrétiens et de seigneurs faibles ou peu scrupuleux.

Les Polo atteignent Acre en avril 1269, soit seize ans après leur départ de Venise pour une tournée commerciale au-delà de la mer Noire. Ils apprennent que le pape Clément IV est décédé et que les cardinaux réunis à Viterbe n'arrivent pas à élire un nouveau pape. Que faire ? Ils s'ouvrent de leur mission auprès du légat de Clément IV qui se trouve à Acre au cours d'un pèlerinage en Terre sainte. Il s'agit de Tebaldo Visconti (Thibault de Plaisance), un homme de culture et d'expérience qui avait étudié la théologie à Paris sous la direction de saint Thomas d'Aquin et de saint Bonaventure. Il les écoute avec une particulière attention car il comprend combien la chrétienté aurait intérêt à répondre à la demande de Koubilaï. Il ne peut cependant rien faire tant qu'aucun pape n'est sur le trône de saint Pierre. Il leur dit donc d'attendre avant de repartir vers l'Orient extrême. Souhaitant revoir leur patrie maritime, les deux frères s'embarquent sur un navire, puis un autre. Ils arrivent à Venise.

Là, Nicolo découvre que son épouse est morte et qu'elle a eu de lui un fils né après son départ. Il a quinze ans. Il se prénomme Marco, l'évangéliste saint patron de la Sérénissime, également prénom du frère aîné de Nicolo et Matteo que l'on nomme Marco le Vieux pour le distinguer de son neveu. On ne sait rien de la rencontre du fils ignoré et du père disparu. Mais on sait que Nicolo se remarie. Il épouse une jeune fille de l'importante famille des Trévisan au prénom charmant de Fiordelise. Elle ignore que son destin, tel celui de la fidèle Pénélope, sera d'attendre bien longtemps son époux qui, avant de repartir, lui aura néanmoins laissé un témoignage de son amour, un enfant. Pour simplifier, il sera nommé Matteo et épousera, mais nous en sommes loin, Caterina Sagredo qui aura pour fille une Fiordelise...

Les Polo attendent donc à Venise l'élection d'un nouveau pontife. Au bout de deux ans, alors que les cardinaux, soumis à des influences politiques, n'arrivent pas à se décider, les deux frères pensent qu'ils ne peuvent plus tarder à retourner au bout du monde afin de respecter l'engagement pris auprès du Grand Khan. Marco sera du voyage.

Convertir les Mongols ?

Marco Polo est de Venise comme la soie est de Chine. Il n'y est pas seulement né au sein d'une famille bien implantée, il en a reçu les stigmates. Si l'on me permet quelques généralités allant à l'encontre des préjugés de notre siècle qui a poussé la notion d'égalité jusqu'à la négation des différences, je rappellerai que le Vénitien médiéval naît et meurt avec l'esprit d'un commerçant ce qui, du moins à l'époque, n'est nullement incompatible avec l'amour de la beauté et l'exercice de la bravoure. La richesse de Venise provient du commerce avec l'Orient. Elle est solidement implantée à Alexandrie, au Caire, à Tyr, à Acre, dans les îles grecques, sur la côte dalmate, en mer Noire. Elle a été dominante à Constantinople jusqu'à la reprise de la ville par les Grecs en 1261. Le commerce est si valorisé que lorsqu'un Vénitien veut faire l'éloge d'une ville étrangère, il dit qu'elle est *mercadantesca*, littéralement : « mercantile » ou, en plus élégant : « marchande ».

Ce bout de terre planté dans la lagune, dont le destin ne supporte aucune comparaison, tire sa richesse et son prestige des échanges qui s'appuient sur une monnaie forte, des institutions solides et un autre moyen indispensable à la puissance : une flotte militaire et commerçante d'une redoutable efficacité. Toujours menacée, sans autre protection que la mer et sa détermination, sans repli possible, Venise se doit d'être guerrière. Ses citoyens sont appelés à affronter les périls de la mer et les abordages avec une sereine énergie.

La Venise dilettante et froufrouteuse du XVIIIe siècle avec masques et liaisons poudrées ou celle, après la chute, liée à la mort et à la décrépitude comme Thomas Mann l'a mise en scène dans un désir languissant, n'a rien à voir avec la vigoureuse République du XIIIe. En attendant d'aller chercher les Indes du côté du couchant et de pouvoir contourner l'Afrique par le sud, tous les échanges entre l'Asie et l'Europe passent par cette mer qui a vu naître sa culture.

Le Vénitien est un voyageur formé à observer avec attention les situations géographiques, coutumes, institutions, productions des contrées avec lesquelles il entend commercer. Dans sa *Vie de Marco Polo voyageur vénitien* [1] fourmillante d'idées, le patricien vénitien Alvise Zorzi fait l'éloge de sa Cité avec élégance et une pincée de parti pris. Il rappelle que les comptes rendus des ambassadeurs vénitiens seront recherchés par les souverains d'Europe et que les historiens s'en servent encore dans leurs travaux. Pour nous prouver combien le Marco Polo du *Devisement* a intégré ce talent, il cite le texte d'instructions du Conseil des Dix aux ambassadeurs concernant la manière de rédiger les rapports pour le Sénat. Le texte date du XVIIe siècle mais exprime une permanence sur les qualités recherchées :

Voici les choses qu'il faut rechercher pour faire un rapport. Premièrement décrire le site de la Ville ou de la Province dans laquelle on aura été, en indiquant d'abord le nom ancien et moderne de ladite Province, en montrant dans quelle partie du monde et dans quelle disposition du Ciel se trouvent ses frontières à partir des quatre points cardinaux, sa largeur, sa longueur et sa circonférence. En combien et en quels Royaumes ou Provinces mineurs elle est divisée, en nommant les villes principales, les ports importants, les places fortes, les Archevêchés et les Évêchés, les fleuves principaux et les villages, les montagnes et les forêts et les cols des alentours qui en font partie.

Deuxièmement, il faut traiter des qualités de cette Province, par exemple de la température de l'air, si elle est bonne ou mauvaise ; des eaux, et pareillement, si elles sont bonnes ou mauvaises ; de l'abondance ou de la pauvreté des moissons et autres choses touchant aux besoins de la vie humaine. Des mines, des animaux ; si le pays est montagneux, plat, boisé, marécageux, et où. Quelle partie est la mieux habitée, et dans quelle partie il y a des forêts et des marais qui empêchent d'y habiter, et s'il y a quelque phénomène extraordinaire de la nature.

Troisièmement, il convient de parler de ses habitants en montrant leurs us et coutumes. De quelle couleur, taille et complexion ils sont ; s'ils sont religieux, superstitieux et d'une autre religion particulière. L'ordre et l'appareil de guerre sur terre et sur mer. De leurs arts et métiers, et dans lesquels ils sont le plus habiles. Quelles marchandises ils envoient à l'extérieur et lesquelles ils font venir de l'étranger. Du gouvernement des premiers Princes ou Barons, de leurs richesses, de leur noblesse et de leur suite. Des caractéristiques et des conditions de vie de la Plèbe.

Quatrièmement, il faut entrer dans les détails en ce qui concerne le Prince et retracer sa généalogie en décrivant sa personne, la vie qu'il mène, ses habitudes, comment il est aimé de ses sujets. Combien de revenus il a et combien de dépenses il fait. La garde dont il dispose, l'importance de sa Cour et avec quel Prince il est en amitié ou en inimitié [2].

Quand Marco Polo naît en 1254, Ranieri Zeno est doge de Venise depuis un an. Il le restera jusqu'à sa mort en 1268 ; il sera remplacé par Lorenzo Tiepolo qui occupera la charge jusqu'en 1275. Il sera suivi par Giovanni Dandolo puis, en 1289, par Pietro Gradenigo qui sera en fonction en 1295 au retour des Polo et le restera jusqu'en 1311.

Les rivalités et batailles navales entre Venise et Gênes, de 1256 à la trêve d'août 1270, troubleront pendant douze ans le règne de Ranieri Zeno. Concurrentes sur le plan commercial, les deux républiques se disputèrent les comptoirs de la Méditerranée orientale qui étaient des points d'appui indispensables au transit des marchandises.

La cérémonie du mariage de Venise avec la mer ne voulait pas seulement dire qu'elle était une île bâtie sur une lagune; elle était devenue le symbole de sa nécessaire expansion maritime. Le pape Alexandre III (qui occupera le siège de saint Pierre de 1159 à 1181) avait dit au doge :

Que la mer vous soit soumise comme l'épouse l'est à son époux, puisque vous en avez acquis l'empire par la victoire [3].

Le Vatican ne fut cependant pas toujours du côté de Venise dans ces interminables querelles entre cités.

En cette seconde partie du XIIIe siècle, toute la politique extérieure de Venise est d'agrandir son empire en Dalmatie, sur les îles grecques et au Levant. S'il lui arrivait de se trouver face à Byzance comme au début du siècle, les combats les plus farouches furent néanmoins contre Gênes. La dispute prit de l'ampleur au Levant quand les Génois, établis à Tyr, et les Vénitiens, à Saint-Jean-d'Acre, se combattirent sous le regard ravi des Sarrasins, qui ne manqueront pas de profiter de ces rivalités pour abattre peu à peu les restes de la présence chrétienne en Terre sainte.

Ces guerres avaient ruiné Venise qui connut une éprouvante disette en 1269. La question alimentaire était essentielle pour elle qui, malgré la présence de vignes, de potagers et de vergers là où nous ne voyons aujourd'hui que des constructions, était incapable de nourrir son abondante population. La possession de terres arables outre-mer était une raison de plus de son expansion territoriale.

Cette période est aussi caractérisée par un changement dans le mode d'élection du doge. Pendant les six premiers siècles de la République, l'élection des doges appartenait au peuple. À partir de 1173 et jusqu'en 1268, les doges furent élus par onze électeurs, puis dix, puis quarante et un. Afin d'éviter les magouilles électorales et la prise de pouvoir par une famille, une crainte qui a été une constante tout au long de l'histoire de Venise, un nouveau système a été mis au point, un des plus complexes sortis de la fertile imagination des hommes. Le doge continuerait d'être élu par quarante et un électeurs comme précédemment, mais ceux-ci, choisis parmi les quatre cent soixante-dix membres du Grand Conseil, seraient issus de tirages au sort entremêlés de scrutins. Le sort désignait d'abord les neuf membres qui établissaient une liste de quarante noms, que le sort réduisait à douze, les douze produisaient une liste de neuf membres qui en élisaient onze qui formaient enfin la liste des quarante et un chargés de l'élection du doge. À cette limite de légitimité qu'apportait le labyrinthe du mode d'élection, s'est ajoutée une diminution des prérogatives du doge. Ainsi le Conseil formé des grandes familles ne s'est-il jamais vu dépassé par le pouvoir d'un homme.

En 1268, Lorenzo Tiepolo fut élu selon la nouvelle formule. Dix ans auparavant, il avait remporté une victoire contre les Génois dans la mer de Syrie. Heureux de ce choix, les marins le portèrent en triomphe jusqu'à son palais qui n'était pas celui que l'on admire aujourd'hui. Pendant son dogat, il se souviendra de son hostilité à l'égard de Gênes pour le plus grand bonheur des Byzantins et des musulmans dans ce jeu d'alliances changeantes en cet *Orient compliqué* qu'il n'est pas facile de saisir avec des idées simples.

On ne sait rien de la vie de Marco Polo avant l'âge de dix-sept ans, rien sur sa mère défunte et les effets de l'absence de son père qui pourraient cependant être un régal pour la psychologie contemporaine. On devine que, pendant ses années de formation, le jeune Marco a observé au Fondaco dei Tedeschi, près du Rialto, des commerçants venus d'Allemagne, d'Autriche, de Bohême, de Hongrie. Également des Grecs, des Anglais, des Arméniens, mais aussi des juifs qui, à l'époque, vivaient principalement sur la Giudecca et qui seront cantonnés dans le ghetto à partir de 1536. Les communautés étrangères possédaient chacune leur organisation et leur quartier. Elles étaient exclues de la vie politique, mais restaient libres de pratiquer leurs coutumes et leurs cultes.

On peut imaginer Marco regarder les navires partir pour la Crète, Chypre, Saint-Jean-d'Acre, Constantinople, la mer Noire... et penser à son père attiré à tout jamais par l'appel de l'Orient, un délicieux poison dont il connaîtra plus tard les effets.

Quel choc a pu recevoir l'adolescent en découvrant un jour de 1269 un père auréolé de la gloire donnée par les épreuves et la qualité de la mission qui lui a été confiée ? Nicolo a-t-il passé de longues soirées à raconter à ses proches, à Marco, les seize années passées au loin ? Les a-t-il enjolivées comme on le fait des souvenirs de guerre ? Est-ce Marco qui, à l'heure des préparatifs, a demandé à être de l'aventure ? Est-ce Nicolo qui a éprouvé le besoin d'être accompagné d'un fils vigoureux et intelligent ? Les instances politiques de la Cité ont-elles joué un rôle dans ce nouveau départ qui a demandé plus d'audace que le premier ? En 1253, Nicolo et Matteo partaient en terre connue et n'avaient pas envisagé qu'ils ne reviendraient que seize ans plus tard. Cette fois, ils connaissaient les aléas de la route et portaient sur les épaules le poids d'une demande formulée par l'homme le plus puissant du monde, à laquelle ils n'avaient pas le pouvoir de donner suite.

En attendant de retrouver à Acre Tebaldo Visconti qui guette à l'horizon la voile lui annonçant l'élection d'un nouveau pape, il est utile de porter un coup d'œil sur la situation politique en Méditerranée.

Le schisme de 1054 a séparé la chrétienté en deux parties antagonistes : l'Église catholique rattachée à Rome, l'orthodoxe liée à Byzance (Constantinople, avant de devenir Istanbul en 1453). Les débats théologiques ne doivent pas masquer les rivalités qui correspondent — l'histoire est mémoire — à l'Empire romain d'Occident face à l'Empire romain d'Orient. En 1204, tandis qu'Innocent III règne sur le trône pontifical à Rome, les Vénitiens et leurs alliés vont profiter de la quatrième croisade pour s'arrêter à Constantinople, la piller rageusement et installer au pouvoir un empereur catholique à leur main, le comte Baudouin de Flandre qui sera couronné dans une cathédrale profanée. Les Vénitiens tirent d'énormes avantages commerciaux du détournement de la croisade : mainmise des ports les plus utiles entre Venise et Constantinople, privilèges financiers et occupation des trois huitièmes de la ville dans les meilleurs quartiers. Vers 1260, au moins deux membres de la famille Polo résidaient à Constantinople, alors en liaison avec les comptoirs de la mer Noire et des îles grecques pour le commerce entre l'Europe, la Méditerranée, l'Asie Mineure, la Perse ou les Indes.

Le 26 juillet 1261, les Grecs reprennent Constantinople avec l'aide des Génois. Michel Paléologue retrouve la couronne perdue. C'est un coup dur pour Venise, pour son influence politique et son commerce (les deux étant naturellement liés). Cette perte donnera une raison supplémentaire aux Polo d'aller explorer lors de leur second voyage une route commerciale vers la Chine.

Pendant ce temps, la situation des Européens n'est pas brillante en Terre sainte. Les musulmans, qui avaient pris le Levant aux Byzantins dès le début de l'Hégire, avaient été repoussés par les croisés avec la création de royaumes francs. Mais, en 1187, le Croissant reprend Jérusalem et profite de la division des chrétiens pour s'implanter solidement. Pendant combien de temps Saint-Jean-d'Acre pourra-t-elle tenir au sein d'un isolement hostile ? Compte tenu de la fragilité de la situation, le pape Innocent IV, Saint Louis et même l'empereur d'Allemagne caressent un rêve : chercher une alliance avec les Mongols contre les musulmans.

Les Mongols ! Ces sauvages qui avaient déferlé sur l'Europe en semant la terreur sur leur passage ? Le successeur du terrible Gengis Khan, son fils Ogotaï, Grand Khan de 1229 à 1242, avait envahi la Hongrie avant de s'arrêter devant Vienne. En 1241, des prières furent dites à Notre-Dame-de-Paris pour demander au Ciel d'arrêter ce fléau. Il s'était arrêté. En effet, un problème de succession à régler conduisit les invincibles cavaliers mongols à rebrousser chemin. Quelques années plus tard, l'Europe ne se sent plus menacée. Dès 1245, lors du concile de Lyon, le pape Innocent IV, Sinibaldo Fieschi, originaire de Gênes, évoque le projet de convertir les Mongols à la foi chrétienne. L'Europe avait appris avec un grand soulagement les attaques mongoles contre des villes musulmanes. En 1258, Bagdad, qui était la cité la plus florissante du monde hormis celles de Chine, tombe sous le coup des Mongols qui la détruisent et continuent leurs chevauchées mortelles au Moyen-Orient. Les conquêtes mongoles se solderont par plus de dix millions de morts.

C'est en fonction de ces nouvelles données qu'il faut comprendre les missions de Jean de Plan Carpin et de Guillaume de Rubrouck. Le 26 avril 1245 (soit neuf ans avant la naissance de Marco Polo), à la demande du pape Innocent IV, le franciscain italien Pian Carpino (Plan Carpin) part de Lyon le dimanche de Pâques accompagné de deux autres franciscains. Ils arrivent en juillet 1246 auprès du Grand Mongol Guyuk qui se tenait à Karakorum. De son côté, Saint Louis envoie à Karakorum un homme haut en couleur, également franciscain, Guillaume de Rubrouck. Il est à la cour du Grand Mongol Mongka (frère aîné de Koubilaï) à la fin de 1253. Nous reviendrons sur ces deux figures, injustement oubliées, dont les voyages ont permis, grâce à leurs rapports détaillés, de connaître mieux ces Mongols accablés de tous les péchés avant d'être auréolés d'un bien étrange espoir.

Voici donc, en 1271, Nicolo et Matteo Polo de retour à Saint-Jean-d'Acre en compagnie de Marco que l'on peut, sans forcer, imaginer ravi de se trouver dans une ville inconnue, porte de royaumes plus inconnus encore. Ils vont aussitôt revoir une connaissance, le légat Tebaldo Visconti qui, comme eux, est impatient que les cardinaux finissent par élire un nouveau pape (Innocent IV est mort depuis trois ans). D'Acre, ils se rendent à Jérusalem qui, bien qu'aux mains des « infidèles », accueille les multitudes de pèlerins chrétiens. Ils y réalisent au moins un des deux souhaits de Koubilaï en mémoire de sa mère décédée : prendre un peu de l'huile de la lampe du sépulcre du Christ. Ils repartent pour Acre. Ils demandent au légat de leur confier une lettre certifiant qu'ils ont bien rempli leur ambassade mais que, faute de pape, ils s'en retournent en l'absence des lettrés qui devaient les accompagner à la cour du Grand Khan.

Longeant la côte vers le nord, ils retrouvent Ayas en Cilicie d'où partent à travers l'Asie Mineure les routes vers la Perse et la Chine, si lointaine derrière son voile de mythes. Ils apprennent que les cardinaux réunis à Viterbe ont enfin trouvé le 1er septembre un successeur à saint Pierre en la personne du légat Tebaldo Visconti qui prend le nom de Grégoire X et envoie aussitôt un message aux Vénitiens pour leur demander de revenir auprès de lui. Grâce à l'aide du roi d'Arménie qui fait armer une galère pour eux, les Polo retournent en Acre. Ils rencontrent aussitôt :

> Messire l'Apôtre [le nouveau pape] et le saluent très humblement. Messire l'Apôtre les reçoit avec honneur, leur donne sa bénédiction et leur fait grande chère et fête, espérant que, de ce moment de sa fortune, nombreuses choses profitables et honorables pour l'Église de Dieu s'en suivront.

Et les cent hommes de Dieu à envoyer à la cour du Grand Khan avec leur foi et leur science afin de faire basculer le destin au sein de l'Empire mongol traversé par tant de courants religieux ? Si le nouveau pape a fait revenir les Polo d'Ayas, c'est qu'il est sensible à leur mission qui correspond à la vision de son prédécesseur, Innocent IV. On reste stupéfié par l'offre du nouvel élu : deux frères prêcheurs ! Certes, ils sont savants et munis de cadeaux et de chartres et lettres avec même la possibilité d'ordonner des prêtres et des évêques. Mais l'empire de Koubilaï ne s'étend-il pas de l'Asie Mineure à la Corée ? Dans ses lettres, Grégoire X demande au Grand Khan de l'aide en faveur des chrétiens du Levant. Comment espérer une action dans ce sens si l'on n'est même pas capable de répondre positivement à la requête de l'empereur de recevoir cent lettrés chrétiens à sa cour ? Ne nous trouvons-nous pas dans ces moments où l'histoire tâtonne ? Imaginons. Sur les cent hommes de foi et de science, il en serait bien arrivé une soixantaine à Kambaluc.

Contrairement aux Mandchous qui succédèrent

en 1644 aux empereurs de la période Ming, les Mongols n'avaient adopté ni les mœurs, ni les religions, ni l'écriture des Chinois qui, blessés dans leur fierté, guetteront l'heure de la reconquête. Les Mongols semblaient prêts à recevoir un système structuré d'explication du monde. Le chamanisme des origines n'était pas suffisant. Ce sera donc le bouddhisme du vajrayâna qui jouera ce rôle grâce à la capacité du message du Bouddha de s'adapter aux cultures rencontrées, comme il l'avait fait en passant de l'Inde du Sud-Est asiatique, à la Chine, au Tibet, à la Corée, au Japon.

N'oublions pas, en nous interrogeant sur cette occasion manquée, que Rome n'était pas prête à cet effort d'adaptation, pas plus qu'elle ne le sera au XVIe siècle quand les Jésuites arriveront à la cour des Ming avec, dans une main l'Évangile, dans l'autre une avance technologique sur la Chine que l'Europe ne possédait pas au XIIIe siècle. La tentative échouera alors à cause de la « querelle des rites ».

On pourrait penser que l'orgueilleuse Chine n'était pas disposée à adopter une religion étrangère, mais l'exemple du bouddhisme venu de l'Inde infirme cette hypothèse. Il faut cependant rappeler qu'il s'est sinisé (écritures canoniques en chinois, écoles chinoises, etc.) et que, malgré cela, il fut persécuté à plusieurs reprises, notamment sous les Tang, en 843, quand l'empereur Wuzong, fervent taoïste, avait fait détruire quarante mille lieux de culte et interdit cette religion « étrangère ».

Retour à Grégoire X et à son « somptueux » cadeau de deux frères prêcheurs, Nicolas de Vicenza et Guillaume de Tripoli. Faute de précision donnée par les Polo, on peut avancer deux explications qui se recoupent : le nouveau pontife voulait tâter le terrain avant de lancer une opération qui demandait une assez longue préparation ; tout à sa nouvelle mission, la question mongole n'était pas dans ses priorités alors que les États du pape avaient été privés de chef pendant trois ans. En saluant les Polo, il ignorait que les deux frères prêcheurs, qui n'étaient pas de la trempe des Vénitiens, seraient effarouchés quand ils apprendraient que le sultan d'Égypte arrivait avec une importante armée de Sarrasins en Grande Arménie (partie orientale de l'actuelle Turquie). Ils laissèrent lettres et cadeaux aux Vénitiens, et s'en retournèrent.

De l'Arménie à la Chine

Poursuivant courageusement leur route, les Polo traversent la « Petite Arménie » où ils constatent avec regret que, bien que chrétiens, les habitants ne sont pas « dans la vraie foi comme les Romains », réaction constante chez eux. Au lieu de se réjouir de rencontrer des chrétiens sur ces terres étrangères, ils sont fâchés de les voir éloignés d'une vérité qui ne se discute pas. Moins condamnable que celle des Sarrasins, leur erreur les empêche de devenir des frères en Christ. Marco Polo, si audacieux devant les inconnues géographiques et qui se montrera, comme nous le verrons plus loin, prêt à observer (admirer serait entrer dans son inconscient...) avec un œil pétillant des mœurs sexuelles condamnées par la Sainte Église, demeure ferme sur l'obéissance à Rome, preuve supplémentaire que son père, son oncle et lui-même se sentent en mission. De son côté, des années auparavant, Guillaume de Rubrouk, taillé dans la pierre, avait été encore plus sévère à l'égard des chrétiens qui refusaient l'autorité de Rome.

De la petite, les Polo passent à la Grande Arménie où ils ont le plaisir de voir l'Arche de Noé restée sur le mont Ararat. Marco constate que d'un certain endroit on observe « une grande chose noire » que les habitants, quand ils sont interrogés, désignent comme la « nef du monde ». La présence de la neige empêche d'aller vérifier sur place. Qu'importe ! Son existence ne saurait être mise en doute.

Une autre découverte les attend plus loin alors qu'ils avancent entre la mer Noire et la mer Caspienne, une découverte dont l'Occident ignore évidemment ses potentialités, le pétrole :

> Il y a une fontaine d'où sourd une liqueur telle qu'huile, en grande abondance, tant que parfois un cent de grandes nefs y chargent aisément en même temps ; point n'est bonne à manger, mais est bonne à brûler et pour oindre les hommes et animaux galeux, et les chameaux pour l'urticaire et les ulcères. Et viennent les hommes chercher cette huile de très loin, et toute la contrée alentour ne brûle autre huile que celle-là.

Avec une étonnante constance, les commentateurs de la vie de Marco Polo répètent (j'ai failli le faire) qu'il y a dans ce passage la première description du pétrole. C'est oublier un texte qui a été le livre de chevet d'innombrables générations tant que l'Antiquité formait l'Europe à l'intelligence et au sens critique : *La Vie des hommes illustres* de Plutarque. Avant une nouvelle campagne en Bactriane, Alexandre le Grand est avec son armée du côté de la Caspienne quand :

Un Macédonien, nommé Proxenus, intendant des équipages, découvrit sur les bords du fleuve Oxos, pour dresser la tente du roi, une source d'une liqueur grasse et visqueuse : quand on eut épuisé cette liqueur, il jaillit de la source une huile pure et claire qui ne différait en rien de l'huile véritable pour l'odeur et pour le goût et qui en avait absolument tout l'éclat et toute l'onctuosité. Cependant, il n'y a point d'oliviers dans ce pays. Il est vrai que l'eau d'Oxos est, dit-on, la plus onctueuse qu'il y ait et que la peau de ceux qui s'y baignent devient grasse et huileuse [1].

Le *Devisement* évoque ensuite Mossoul où vivent des Arabes « qui adorent Mahomet » et des chrétiens, notamment des Kurdes qui sont nestoriens et jacobites et qui, par conséquent, « se trompent en plusieurs choses ».

Le lecteur ne saura pas quelles sont ces erreurs que Marco Polo n'a pas l'intention d'expliquer.

Dans les raisons qui séparent les différentes Églises chrétiennes se mêlent des questions théologiques, dont la principale est la *nature* du Christ, des questions culturelles et, évidemment, des questions de pouvoir par rapport au pape, évêque de Rome.

Tout au long de leur parcours, les Polo rencontrent des nestoriens dont ils ne cherchent pas à comprendre les raisons de leurs différends avec Rome et Byzance. Elles remontent loin.

Patriarche de Constantinople au Ve siècle, Nestorius soutenait que le Christ possédait non seulement deux natures, mais également deux personnes. Le Christ souffre en tant qu'homme, il enseigne et accomplit des miracles en tant que Dieu.

La doctrine de Nestorius fut condamnée au concile d'Éphèse en 431. Dès lors, l'Église nestorienne, persécutée en Méditerranée, se réfugia en Perse où elle devint l'Église chrétienne nationale. Sa langue liturgique était le syriaque. Elle se répandit très loin en Orient, en Inde, où elle est encore vivante, puis en Chine. On a retrouvé dans l'Église nestorienne du quartier Yining à Xi'an une stèle écrite en chinois et en syriaque. Datée de 781, elle fait le récit de l'arrivée du christianisme en Chine. Les Évangiles furent introduits par un Persan qui n'avait pas rencontré d'hostilités, le pouvoir des Tang ayant autorisé la construction d'églises chrétiennes. Les rituels et les dogmes étaient très marqués par l'esprit de la Perse. Mais en 843, le christianisme comme le bouddhisme furent proscrits de Chine par un édit impérial en tant que religions étrangères.

Son succès fut plus durable en Asie centrale, à partir du VIIIe siècle, auprès des Ouïgours et des Turcs Karaïtes qui donnèrent de la consistance à la légende du roi-prêtre Jean. Beaucoup de membres de la famille impériale mongole étaient des nestoriens à l'image de la mère de Koubilaï Khan. L'influence de l'Église nestorienne de Perse diminuera fortement lorsque, à la fin du XIIIe siècle, le Khan de Perse imposa l'islam à cette partie de l'empire. Auparavant, répandus de Chypre à la Mandchourie, du Turkestan à Java, les nestoriens avaient compté jusqu'à deux cent cinquante diocèses reliés à un patriarche dont le siège était situé à Sélevcie-Ctésiphon avant d'émigrer à Bagdad.

À partir du XIVᵉ siècle, les chrétiens à l'est de l'Asie Mineure ne furent présents que dans de petits îlots avant la nouvelle évangélisation venue de Rome, en partie liée à l'élan colonisateur de l'Europe.

Puis, le récit nous entraîne à Bagdad. Or les Polo qui, après le lac de Van, ont pris la direction de la Perse n'ont aucune raison de faire un crochet par Bagdad. L'auraient-ils fait que les descriptions auraient ce frémissement de la vie présente dans les villes traversées. Alors, pourquoi la citer ? Le *Devisement* a pour but de plaire. Bagdad a fait rêver l'Europe grâce aux splendeurs attachées à son nom. Il écrit :

> Elle est la plus noble cité, et la plus grande qui soit en toutes régions. Et sachez en outre pour vrai qu'au Calife de Baudac [Bagdad] était le plus grand trésor d'or, d'argent, et de pierres précieuses qui se soit jamais trouvé aux mains d'aucun homme.

Bagdad avait été prise et détruite par les Mongols qui, selon la légende, enfermèrent le calife avec son or, sans nourriture ni boisson, afin qu'il comprenne — un peu tard — que l'or seul ne peut permettre de vivre. Il mourut donc de faim et de soif sur un monceau d'or. Cette chute de Bagdad est une autre raison de sa présence dans le récit. Qu'une puissante cité arabe soit si facilement détruite en 1255 (Marco avait un an) pouvait mettre du baume au cœur d'une chrétienté humiliée au Levant.

Les voici à Tauris (Tabriz) « grande et noble cité entre l'Arménie et la Perse », célèbre pour ses palais de marbre revêtus d'émail et pour ses artisans qui tissent des draps d'or et de soie. Elle est située à un carrefour où arrivent des marchandises de Bagdad, de Mossoul, d'Inde, d'Ormuz. Des marchands latins s'y rendent souvent, surtout des Génois. Les chrétiens appartiennent à plusieurs Églises. Ils sont : « arméniens, nestoriens, jacobites, géorgiens et persiens ».

Dans les environs, Marco Polo signale l'existence d'un monastère dédié à un évêque monophysite ayant vécu au Ve siècle, saint Balsano. Sous l'autorité d'un abbé, les moines vêtus comme des carmélites fabriquent des ceintures de laine. Après avoir été placées sur l'autel de leur église, elles sont capables de supprimer les douleurs corporelles.

Il n'a probablement pas été informé d'une coutume singulière qu'il aurait pris un malin plaisir à signaler à ses lecteurs : le fisc de Tabriz imposait les courtisanes proportionnellement à leur beauté.

En Perse, ils arrivent à Sava (Saveh) « d'où partirent les Trois mages quand vinrent adorer Jésus-Christ ». C'est là que Marco a pu voir les corps des rois dans une sépulture et constater qu'ils étaient « encore tout entiers, et ont cheveux et barbe comme lorsqu'ils étaient vivants ». Soit. Mais ce qui retient particulièrement l'attention est le récit recueilli dans un village à trois journées de marche de Saveh où les habitants adorateurs du Feu (zoroastriens) lui ont raconté que jadis :

> Trois rois de ce pays allèrent adorer un prophète qui était né au pays des Juifs, et emportèrent trois offrandes, or, encens et myrrhe, pour connaître si ce prophète était Dieu, ou roi terrestre, ou médecin. Car ils dirent : s'il prend l'or, ce sera un roi terrestre, s'il prend l'encens, un Dieu, et s'il prend la myrrhe, un médecin.

Pour qui est sensible à la force des symboles, l'épisode suivant est une aubaine. Les villageois poursuivirent leur récit : quand les Rois mages arrivent là où le « prophète » était né, le plus jeune des trois entre seul pour honorer l'enfant. À son grand étonnement, il constate qu'il a le même âge que lui. Le second, d'âge moyen, entre également seul et fait le même constat : il se trouve devant une personne de son âge. Ainsi du troisième, qui était de grand âge et ressort tout pensif. Les rois se parlent, s'étonnent, décident d'entrer ensemble. Ils s'aperçoivent alors que l'enfant n'a que treize jours.

Comment dire mieux que l'on a besoin des autres pour échapper à l'emprise de sa subjectivité ? Le « moi » s'entoure de miroirs. Les traverser pour s'approcher du réel.

Marco Polo recueille une autre légende, également belle, mais qu'il juge fausse, peut-être tout simplement parce qu'elle se rapproche trop des adorateurs du Feu. Voici. Le « prophète » qui est donc un petit enfant de quelques jours offre aux rois une cassette en leur commandant de ne pas l'ouvrir. Les rois retournent chez eux (entre Bethléem et la Perse, au moins deux mille kilomètres). Au bout de quelques jours, ils désobéissent, ouvrent la cassette pour voir son contenu, n'y trouvent qu'une pierre dont ils ne comprennent pas la signification, à savoir que leur foi doit être aussi ferme que la pierre. Se croyant moqués, ils la jettent dans un puits très profond. Alors aussitôt un feu ardent descend du ciel dans le puits d'où jaillit une immense flamme. Les rois se repentent d'avoir jeté la pierre, en saisissent la signification, puis prennent le feu pour le montrer dans leur pays et l'installer en des lieux de culte.

À quatre reprises au cours de ce récit, le fils de l'Église catholique, apostolique et romaine rappelle au lecteur — tant il craint qu'il pourrait être enchanté par ce jaillissement miraculeux —, que l'histoire est fausse, que cette croyance n'est pas la vraie foi. Séduire, oui ; égarer, que non !

La route continue vers le sud-est en longeant le désert de Perse avec des haltes dans des cités où Marco admire les chevaux qui sont exportés en Inde par voie maritime, ainsi que des ânes de belle taille et de plus grande valeur, tant ils sont robustes et sobres. Il note scrupuleusement les productions : draps d'or et de soie, coton, froment, orge, millet, vin, fruits dont de très beaux raisins.

Kashan, Yazd, Kerman... la traversée de la Perse est périlleuse car, malgré la souveraineté mongole, des bandes armées continuent de piller les caravanes. Souvent menacés, les Polo en réchappent tandis que des compagnons de route sont pris et occis. De nombreuses fois, au cours du voyage vers Pékin, du séjour en Chine comme de la navigation du retour, les Vénitiens narguent et frôlent la mort qui emportera des quantités de personnes autour d'eux. Jamais Marco Polo ne s'étend sur cette question qui aurait donné à un auteur moderne l'occasion de s'épancher, prendre des poses, bavarder sur le destin. La mort est un événement si naturel et si fréquent autour de lui dès la naissance qu'elle n'est pas un sujet de dissertation. Elle est ou elle n'est pas. Parlons d'autre chose, c'est-à-dire d'une chevauchée de sept journées vers Cherman (Kerman), une plaine avec des bosquets qui produisent des dattes et où l'on trouve belles chasses de bêtes, belles volailles, cailles et autres sortes d'oiseaux.

Depuis la souveraineté mongole, Kerman a perdu son seigneur héréditaire ; elle est gouvernée par un envoyé de l'empereur. Les servantes et demoiselles de la région brodent oiseaux, arbres et fleurs sur les draps de soie et d'or et « ouvragent aussi très exquisément couvre-pieds, coussins, oreillers et toutes autres choses » qui sont exportés dans tout le pays.

Mais il y avait mieux dans ce petit royaume. Le peuple était bon, humble et pacifique. Les gens s'aidaient les uns les autres autant qu'ils le pouvaient. Le roi s'en était étonné. Il savait que dans les autres royaumes de Perse, les habitants étaient méchants entre eux, particulièrement dans le royaume d'Ispahan. Intrigué par ce contraste, il fit venir des quantités de terre de ces lieux malfaisants, la fit répandre sous les halles, puis recouvrir de tapis. Et quand les habitants de son royaume vinrent dans ces halles pour manger, ils « commencèrent à se dresser l'un contre l'autre avec paroles et gestes insultants et à s'entreblesser. Lors dit le roi que vraiment la cause en était la terre ».

Sept journées (telle est la mesure) de chevauchées à travers la plaine, passage d'une montagne, deux bonnes journées de descente avec, heureusement, d'excellents fruits en abondance, mais de nombreuses habitations détruites à la suite de l'invasion mongole. À nouveau une plaine avec une méchante race de voleurs qui ont failli attraper Marco pour le dépouiller et le tuer. Enfin, après des trajets de plusieurs journées, ils arrivent dans la plaine de Curmos (Ormuz) et, au bout de deux journées, ils atteignent la ville du même nom sur la « mer Océane » (le golfe Arabo-Persique). Le port est un lieu stratégique pour le commerce avec le « monde entier », à savoir l'Inde, le Moyen-Orient et la Méditerranée. Une coutume retient l'attention de Marco. Lorsqu'une femme perd son mari, elle doit le pleurer pendant quatre années au moins une fois par jour en poussant de grands cris devant ses parents, ses amies et voisines. En cas de lassitude, la veuve peut faire appel à des pleureuses professionnelles.

Il est logique de penser que si les Polo sont descendus jusqu'à Ormuz, alors que de Kerman la route pour la Chine se situait en plein nord, ce devait être avec le projet de prendre un navire vers l'Inde, l'Indonésie, l'Indochine, enfin la Chine du

Sud. Si les vents étaient favorables, la traversée pouvait s'accomplir en un trimestre. Ce sera, d'est en ouest, l'itinéraire du retour. Or ils reprennent la route terrestre plein nord vers Kerman. Ont-ils appris à Ormuz où, comme dans tout port, circulent informations, marchandises et baisers, que la voie maritime était dangereuse ? En effet, les morceaux qui restaient de l'Empire song s'étendaient sur la côte méridionale de la Chine. Il faudra attendre la poussée mongole et la conquête définitive de la Chine du Sud en 1279 pour que les ports de la mer de Chine deviennent sûrs. Autre cause probable de leur demi-tour : la fragilité des navires déjà soulignée. Les Polo préfèrent retourner sur leurs pas avant d'affronter les hautes montagnes du Pamir. Mais sont-ils, comme nous le serions, dans l'inquiétude des épreuves ? Ils ne le montrent nullement. Peut-être ont-ils cette sagesse encore partagée par des peuples d'Orient de n'envisager que les difficultés du moment ?

Retour sains et saufs à Kerman puis trois jours de traversée d'un désert jusqu'à Kuhbonan qu'ils quittent pour endurer à nouveau l'aridité et l'absence d'eau pendant une semaine.

C'est alors qu'aux confins de la Perse, dans une grande plaine, Marco rencontre l'Arbre seul ou Arbre sec qui a hanté l'imaginaire médiéval. Dans le livre de Daniel de l'Ancien Testament, Nabuchodonosor a rêvé d'un arbre. Sa hauteur atteignait le ciel jusqu'à ce que l'Ange du Seigneur ordonne qu'il soit détruit mais « que restent en terre souche et racine ». L'arbre devint à la fois le symbole du péché et du repentir, ainsi que la limite du monde connu, limite qu'il est possible de dépasser. Liées au salut, à la frontière entre la réalité terrestre et l'au-delà, les significations de l'Arbre sont ouvertes et fécondantes. Marco ne s'interroge pas sur elles. Son esprit n'est pas porté vers la symbolique, encore moins vers la mystique. Il a entendu parler de l'Arbre sec ; il l'a devant lui ; il le décrit sans état d'âme :

> Il est très grand et très gros ; ses feuilles sont vertes d'un côté et blanches de l'autre ; il produit des noix pareilles à la châtaigne, mais il n'y a rien dedans ; elles ne sont point bonnes à manger. De son bois on fait un baume ; c'est un bois très dur et solide, jaune comme buis ; il n'y a point d'autres arbres à moins de cent milles [cent cinquante kilomètres], sauf d'un côté, où il y en a à dix milles de là.

On attendait un mythe, on rencontre un platane ! Une des richesses du *Devisement* est de nous montrer combien le rapport du réel à l'imaginaire ne se situe pas sur le même plan que nous.

Sur certains points, Marco Polo est plus près du réel que nous ne le sommes, mais son *réel* s'exprime à travers mythes et légendes dont le sens est reçu sans avoir besoin d'être décortiqué, une de nos spécialités alors ignorée. Nous pouvons cependant regretter que l'Arbre sec, Arbre seul ne l'émeuve guère malgré sa puissance ; mais il y croit, il le décrit, là où nous serions passés sans le voir.

Alexandre le Grand est évoqué d'une manière qui ressemble aux passages historiques de la Bible.

Il fait partie d'un passé resté présent. *Le Roman d'Alexandre* est un ouvrage d'origine grecque dont le texte en langue d'oïl du XIIe siècle est tiré d'une version latine au Xe siècle. Le récit a captivé le Moyen Âge. Il a inventé un Alexandre le Grand légendaire, modifié son itinéraire, ajouté des épisodes extravagants. De toutes les histoires racontées, une des plus expressives par rapport au trajet des Vénitiens est celle des « Portes de fer » situées sur la côte occidentale de la mer Caspienne. Là, dans un étroit défilé, Alexandre le Grand aurait construit des portes afin de circonscrire les barbares de l'autre côté et les empêcher de déferler. Il ne faut pas voir un simple rappel historique à l'intérêt que porte Marco Polo à cet épisode alors qu'il croit suivre les traces du roi de Macédoine (qui, en réalité, était passé beaucoup plus au sud). Il est utile de se souvenir des angoisses suscitées en Europe par les invasions des Huns suivies de celles des Mongols. En évoquant la possibilité d'enfermer d'éventuels envahisseurs derrière des « portes », Marco Polo touche une corde sensible et donne une intensité plus grande à sa marche au-delà des portes, au-delà de la Caspienne, chargé d'un message de paix, voire d'alliance avec le maître de ces terres.

À Venise comme à Rome, Paris ou Londres, le lettré est naturellement du côté d'Alexandre contre les Perses et les peuples d'Orient. Alexandre est considéré comme un ancêtre. Plus loin, à Balkh, Marco Polo évoque le mariage de l'indomptable Alexandre avec la fille de Darius, roi déchu et honoré. Ce mariage, ainsi que l'union de ses soldats avec des Perses, exprimait le souhait de réunir par les liens du sang les deux parties du monde connu, un rêve d'universalité qui n'a cessé jusqu'à nos jours, selon de complexes métamorphoses, d'alimenter des illusions chez des utopistes, dont la cruauté a été parfois à la hauteur de leurs désillusions.

Marco Polo croisera les traces laissées par le conquérant jusque dans les montagnes de l'Afghanistan. Rappelons que sa conquête éclair et l'installation de monarques grecs qui se maintiendront pendant des siècles favoriseront l'hellénisation des portes de l'Inde comme on pouvait encore le constater avec les statues géantes de Bamiyan tombées sous les coups des Talibans en 2001. La représentation du Bouddha sous une forme humaine vers le début de l'ère chrétienne au sein de l'école de sculpture nommée gréco-bouddhique a été marquée par les traits d'Apollon. Quand ils dépasseront vers le nord des régions qui n'ont pas été touchées par la Grèce présente dans leur mémoire, les Polo arriveront dans un nouveau monde.

Une autre figure est évoquée par Marco Polo : le Vieux de la Montagne. C'était un fort méchant homme se réclamant de la loi de Mahomet bien qu'il fût considéré comme hérétique par les musulmans eux-mêmes. Semblable aux méchants qui réussissent, il était malicieux. Dans la « très noble vallée qu'il habitait entre deux très nobles montagnes, il avait fait faire le plus vaste et superbe jardin qui jamais fût vu » (autant de superlatifs dans le *Devisement* que d'églises à Venise.) En ce jardin, se trouvaient fontaines, maisons et palais. Également (surtout, pourrait-on dire) des dames et demoiselles de toute beauté, capables de chanter, danser :

> Et pardessus tout, bien instruites à faire aux hommes toutes caresses et privautés imaginables.

Quand le vieux scélérat avait besoin de combattants prêts à mourir pour sa cause, il donnait à boire un narcotique (ou une drogue) à des jeunes gens qu'il avait sélectionnés. Ils étaient ainsi transportés en ce jardin de délices où il leur affirmait qu'étant prophète il avait le pouvoir de les faire entrer au Paradis. Ils y étaient ! Regardez ces câlines demoiselles et ce vin qui coule à flots ! Nouveau narcotique ; les jeunes gens sont extraits du Paradis. Ils n'ont de cesse d'y retourner, de même ceux qui n'y sont point allés mais qui ont entendu le récit enchanteur des élus chassés. Quand le Vieux de la Montagne avait un ennemi à occire, il ne lui était pas difficile de trouver des volontaires prêts à combattre jusqu'à la mort afin de se retrouver dans ce Paradis dont certains avaient palpé les charmes infinis. Ainsi a-t-il fait tuer en 1152 le comte Raymond de Tripoli, puis le roi de Jérusalem Conrad de Montferrat, tandis que Saladin échappait de justesse aux tueurs.

Ces combattants furent nommés *Assassins*, mot qui serait dérivé de l'arabe *hasis*, haschisch. Le surnom de « mangeur de haschisch » a été donné aux

Ismaéliens dont cette secte serait une des manifestations.

Il semble que la promesse du Paradis pour le prix d'un crime n'ait pas été oubliée... Une note d'espoir : le destin du Vieux de la Montagne a été tragique. Son nid d'aigle à Alamut avait été rasé une quinzaine d'années avant le passage des Polo.

Traçant vers le nord-est, Marco, son père et son oncle arrivent dans la partie septentrionale de l'actuel Afghanistan. Ils gagnent la Bactriane où le bouddhisme fut florissant jusqu'à son éradication par l'islam. C'est en Bactriane également que les voyageurs gagnent une des branches de la « route de la Soie » qui traverse le Pamir.

Ces routes — il y eut plusieurs variantes —, ont été ornées du chatoiement de la soie à la fin du XIXe siècle par le géographe allemand Ferdinand von Richthofen. Les caravanes transportaient effectivement de la soie dont le secret de fabrication était connu à Constantinople depuis le VIe siècle, et ne le sera en Sicile qu'au XIIe siècle. La soie avait enthousiasmé les patriciennes de la Rome impériale qui aimaient s'en vêtir afin de suggérer leurs charmes, pas trop, assez, juste ce qu'il faut, parfois plus, mais ne croyez pas que... ce tango est connu. Il avait ému les autorités d'une ville attachée à des principes de moralité (extérieure). Rome en avait donc limité l'usage, surtout pour les hommes, la soie dénotant un manque de virilité. Son port fut même interdit sous Tibère et Titus.

Outre la soie et parfois de manière plus abondante, ces routes permettaient le transport des épices qui furent si importantes au Moyen Âge, de la porcelaine, de toutes sortes de tissus. Les idées transitaient avec les marchandises. C'est ainsi que le christianisme nestorien avait pu gagner la Chine, comme le fit également le bouddhisme avec plus de succès. Ces routes, qui se sont développées à partir de l'ère chrétienne, ont connu des périodes de vicissitude. La *pax mongolia* allait leur redonner une nouvelle importance en les rendant plus sûres et plus rapides. Elles furent fermées en Chine à partir des Ming qui se méfiaient des échanges avec des contrées extérieures à l'empire du Milieu enfin régi par des Chinois après la chute de la dynastie Yuan des Mongols. De son côté, Vasco de Gama ouvrit une nouvelle route maritime en contournant l'Afrique à partir de 1498.

Marco Polo tombe malade ; sa maladie durera environ un an jusqu'à ce qu'on lui recommande de monter dans les hautes montagnes du Pamir où la qualité de l'air lui permettra de recouvrer la santé.

On ne sait rien sur cette parenthèse d'une année. Quelle maladie ? Qui les a hébergés ? Comment ont-ils vécu ? Est-ce pendant cette période que Marco s'est perfectionné dans les langues et les écritures qu'il a pratiquées ? Il est étonnant de constater que le récit qui nous abreuve parfois de détails inutiles sur les contrées traversées ou côtoyées ne répond pas à la légitime curiosité sur ce long arrêt qui a encore retardé leur arrivée à la cour du Grand Khan.

Nous pourrions profiter de cette halte imposée pour tenter de saisir les traits de Marco Polo si la mission n'était impossible. Nous ne possédons, en effet, de lui aucun portrait fiable. Ceux qui sont censés le représenter datent des époques où il était devenu un personnage de légende. Il est alors coiffé et vêtu d'un costume mongol. Il porte un arc, des flèches et un sabre. L'aspect est noble, le visage couvert d'une barbe est énergique, celui d'un combattant au regard vif qui a gardé des traits européens malgré son accoutrement.

D'autres portraits aux origines douteuses le représentent comme un homme âgé vêtu à la vénitienne, au visage pensif auréolé d'une certaine tristesse. Son regard tourné vers l'intérieur exprime une idée propre au mythe : les images vivant dans sa mémoire sont tellement exceptionnelles qu'aucun mot ne saurait les exprimer. C'est un homme qui garde un secret qu'il emportera dans la tombe.

Une chose est certaine : malgré cette maladie, il possède un corps vigoureux, il a affronté les périls et l'inconnu avec une invincible témérité.

Après cette halte forcée, les voyageurs repartent vers le nord-est jusqu'à Kashgar, aujourd'hui dans le Sinkiang chinois. Ont-ils, comme le récit le laisse entendre, fait un détour par le Cachemire où « les femmes sont vraiment belles » et où vivent de nombreux ermites « idolâtres », dans cette région indienne qui fut un grand centre du shivaïsme et du bouddhisme avant l'islamisation ? L'évocation des ermites qui vivent dans des ermitages (très probablement des moines bouddhistes) tendrait à le faire croire, même si la logique de l'itinéraire aurait dû les conduire plus au nord. Mais nous avons pu constater, depuis le commencement du voyage, que les Polo ne suivent pas les trajets les plus courts. Il faut évidemment tenir compte de la sûreté des routes sans oublier que les Vénitiens obéissent parfois à un moteur très puissant : le plaisir de la découverte. Voici donc la remarque de Marco Polo sur ces ermites, remarque qui n'est pas dans ses habitudes et qui n'a pas l'allure d'un constat qui aurait été emprunté à un voyageur croisé à l'heure d'un bivouac :

> De sorte que pourraient être appelés saints s'ils connaissaient le vrai Dieu et obéissaient à ses commandements comme ils font à leurs fausses idoles et dieux.

Les montagnes s'élèvent dans cette région du Pamir avec des passes à plus de 4 000 mètres d'altitude. Il faut croire que Marco a retrouvé son allant et sa vigueur d'antan pour chevaucher pendant deux mois sur des pistes glaciales sans village ni auberge, et où rôdent des loups. Si la neige a effacé le chemin, les voyageurs repèrent la direction à suivre grâce à des buttes de cornes et d'os de moutons sauvages entassés par leurs prédécesseurs. Et si la neige était trop épaisse ? On reste quand même stupéfié par les épreuves affrontées pour aller retrouver un monarque qui les a probablement oubliés. Cette énigme est une des sources de l'aura de Marco Polo.

Sur les flancs des montagnes, les voyageurs rencontrent des moutons d'une taille impressionnante qui furent nommés *ovis Polo*, mouton de Polo.

Enfin, les Polo retrouvent la civilisation à Kashgar, importante citée marchande où la terre est fertile : coton, lin, chanvre, vignes, vergers. La ville est en majorité musulmane avec quelques Turcs qui pratiquent le nestorianisme :

> Ils vivent mêlés aux autres habitants, comme les Juifs de nos pays parmi les chrétiens.

La route s'incurve maintenant et forme un arc de cercle vers le sud en touchant le nord du Tibet, le long du désert de Takla Makan. Du côté de Hotan, Marco note avec curiosité, mais sans l'approuver ni la critiquer, une curieuse coutume. Quand un mari quitte sa femme pour un voyage d'au moins vingt jours, elle peut convoler avec un autre homme jusqu'au retour de son mari qui, de son côté, a pu s'adonner au même exercice avec une dame rencontrée grâce à un hasard galant. Aucune précision n'est donnée sur la légitimité des enfants conçus dans ces émouvantes parenthèses. Peut-être cette question n'était-elle pas au centre des préoccupations de peuples qui n'étaient pas éloignés de régions où l'on pratiquait la polyandrie qui, après tout, est une réponse comme une autre à la délicate affaire du mariage. Je m'égare ! Mon excuse est que nous entrons dans le plus grand désert d'Asie et que les mirages y sont fréquents. Marco indique qu'il faudrait un an pour le traverser dans toute sa longueur. Même les caravanes qui empruntent sa partie sud, la plus courte, doivent se munir d'importantes quantités d'eau et de nourriture. Elles doivent également prendre garde à la présence d'« esprits » qui cherchent à perdre les voyageurs en les envoyant promptement retrouver d'autres esprits, loin des sables, hors de la vie. Il suffit qu'un marchand s'éloigne légèrement de la caravane pour qu'il lui arrive d'entendre des voix qui ressemblent à celles de ses compagnons et l'appellent même par son nom. Il les suit, se perd, meurt. Ces « esprits » ont même la capacité de prendre la forme d'une armée. Pris de peur, le voyageur s'enfuit, s'égare à tout jamais dans l'infini des sables et des roches.

Les chamans savent que le vent est un esprit, qu'il a des humeurs qu'il s'agit de comprendre et si possible d'apaiser. Il est à nouveau surprenant de constater que Marco Polo, si réaliste par ailleurs quand il analyse les productions, leur commerce et leur prix, ne se pose même pas la question de savoir si ces voix et ces visions ne seraient pas dues à des phénomènes naturels. Encore une fois, suivre cet homme avec l'espoir de regarder le monde avec ses yeux est une manière d'approcher de mentalités disparues comme, de leur côté, les ethnologues ont tenté, par les mythes et l'observation des mœurs, de comprendre le monde intérieur des peuples, nos contemporains, qui vivent dans un autre temps.

Une halte si près du but

Au bout d'un mois de chevauchée dans le désert, les Polo arrivent à Dunhuang, une ville, constate aussitôt Marco Polo, qui ne vit ni du commerce ni de l'artisanat, mais de l'agriculture. Les habitants sont « idolâtres » avec des minorités de chrétiens nestoriens et de musulmans. Quand Marco Polo décrit des villes dans lesquelles se côtoient plusieurs religions, il n'évoque ni troubles ni tensions, preuve que le principe mongol de respecter chaque communauté, ainsi que l'absence de religion officielle permettent un équilibre profitable à tous. Idéal de la laïcité ? Laissons cet anachronisme sur le bord de la route car il n'est jamais question d'un principe laïc mais d'une cohabitation où chaque groupe doit respecter les coutumes de l'autre. La religion est une identité qui permet l'appartenance à une communauté, à ses valeurs comme à ses solidarités. Constatons, au regard d'autres situations historiques, qu'il y a dans cet immense empire un système qui a bien fonctionné pendant un siècle, mais au prix d'une organisation politique rigoureuse et de répressions militaires impitoyables en cas de rébellion.

Et puisque la vie de Marco Polo nous permet, de temps à autre, de réfléchir sur le cours de l'histoire, souvenons-nous que la puissance romaine hors de l'Italie (république et empire) a duré approximativement quatre ou cinq siècles, l'Empire byzantin huit siècles avec une certaine étendue (après 1204, le territoire est devenu exsangue), l'Empire ottoman environ six siècles, l'Empire britannique un siècle, l'Empire soviétique soixante-dix ans. On verra pour les suivants.

Les « idolâtres » de Dunhuang sont des bouddhistes de l'école du vajrayâna qui a pris sa source au Tibet. Il diffère du bouddhisme primitif par la multiplicité des déités (bodhisattva) et par l'importance accordée à la magie et aux rituels chargés d'une symbolique difficilement accessible à qui n'est pas initié.

Marco Polo s'intéresse aux rituels de crémation. Il s'interroge sur la manière dont les astrologues déterminent la date de crémation du mort. Les membres de la famille lui indiquent le jour et l'heure de la naissance ainsi que du décès du mort. En analysant sa carte du ciel, les astrologues calculent à quel moment le corps doit être brûlé. Il arrive qu'une famille ait à attendre jusqu'à six mois le jour propice. Pendant l'attente, le corps doit rester dans sa maison. Il est lavé, couvert de draps de soie parfumés de safran, de camphre et autres épices dans un cercueil bien joint autour duquel du pain, du vin et de la viande lui sont servis afin que son âme s'en nourrisse. Bien évidemment, ces humains confrontés à la réalité de la terre sont assez observateurs pour constater que les mets sont restés intacts (personne ne triche), mais il se trouve dans leur mentalité, comme au sein de tant d'autres cultures, cette certitude qu'il existe une communication constante entre l'ici-bas et l'au-delà. Une présence matérielle sur terre est transportée dans le monde immatériel des morts. Dans l'attente de la crémation, l'« âme » a besoin de cette nourriture qui reste cependant intacte (et dont la famille se régale certainement au soir à la chandelle...).

Toujours dans le Sinkiang, près de la ville de Hami, Marco remarque une coutume qui semble l'enchanter même s'il se garde (c'est un citoyen de Venise qui parle) de nous dire s'il en a profité. À chacun de se faire son opinion ; mais il semble difficile de ne pas pencher pour une expérience « ethnologique ». Bref, voici : les habitants de cette région aiment avant tout s'amuser, chanter, « offrir maints délices à leurs corps ». Lorsqu'un étranger vient demander l'hospitalité à une famille, l'homme le reçoit avec grande joie, puis il quitte sa maison en laissant au voyageur le soin d'honorer son épouse :

> couchant avec elle en un lit juste comme si elle était sa femme, ils prennent bien du bon temps. [...] Et les femmes sont gaies, jolies, folâtres, et fort obéissantes à tout ce que leur mari leur ordonne, et elles aiment cet usage beaucoup.

Ce n'est pas du Feydeau, c'est une manière de magie. Les habitants sont, en effet, persuadés que grâce à cet échange leurs biens seront protégés des dangers.

Quand le prédécesseur de Koubilaï Khan, Mongka, son frère aîné, décédé en 1259, apprit cette coutume, il l'interdit. Désespoir des habitants qui lui envoyèrent une délégation avec de nombreux cadeaux pour le supplier de revenir sur sa décision car, depuis, leurs maisons allaient de mal en pis. Le Grand Khan les autorisa à reprendre ce « vilain usage », malgré sa vigoureuse désapprobation. À l'annonce, ce fut une grande joie de tout le peuple.

La route s'est inclinée vers le sud ; ils arrivent à Tourfan, la capitale des Ouïgours. L'islam y est encore minoritaire. Leur route les entraîne ensuite vers le nord où ils rencontrent une montagne au sein de laquelle il y a une veine d'amiante, nommée salamandre par Marco qui se souvient du mythe de l'animal qui ne brûle pas quand on le met au feu. Marco en profite pour affirmer que, selon son témoignage, la salamandre n'est pas un animal car aucun animal ne peut vivre dans le feu. La description qu'il donne de l'amiante, de la manière de le préparer, est extrêmement précise. Elle nous prouve encore une fois combien le Vénitien ne s'en laisse pas conter quand il observe un phénomène qui contredit une croyance de son époque. L'exception, de taille pour nos mentalités, touche les

Écritures saintes qui ne sauraient être remises en question.

À Ganzhou, Marco s'intéresse aux mœurs de la population « idolâtre » (bouddhiste). Il admire la vie honnête des moines tout en critiquant la polygamie des hommes. Sans décrire la représentation des idoles, ce qui eût été une information de première importance pour l'Occident qui, en dehors des figures chrétiennes qu'il adorait, ne connaissait que de loin les visages des dieux grecs et romains, Marco admire les grandes formes couchées. Il s'agit très probablement de la représentation du Bouddha au moment où il atteint le nirvâna définitif (mahâparinirvâna). Mais pourquoi ne décrit-il pas la figure de sérénité du Bouddha assis en méditation, ou ces visages courroucés qui peuplent la statuaire bouddhique d'inspiration tibétaine, ou ces mandalas qui représentent l'union des corps comme moyen de « délivrance », voire de progression ? Combien de fois il nous laisse sur notre faim ! Mais combien de fois il nous fait l'aimer pour son regard vif et sa spontanéité !

Les Polo restent un an dans la cité de Ganzhou « pour leurs affaires, qui ne valent pas d'être mentionnées ». On est légitimement agacé par la désinvolture de la formule. Ajoutée à l'année passée dans le Pamir à cause de la maladie de Marco, cette halte double la durée du voyage alors que les Vénitiens semblaient pressés de revoir l'empereur pour lequel, faute des cent lettrés demandés, ils ont de la sainte huile de Jérusalem et un témoignage à rapporter un jour à l'Occident chrétien sur les éventuels desseins guerriers de Koubilaï Khan contre les musulmans à l'ouest de son empire. Que nous cache-t-on ? Il est peu plausible qu'ils soient restés immobilisés pour des raisons commerciales. Qu'auraient-ils eu encore à vendre ? Comment acheter et revendre quand on n'a ni réseau ni agent ?

Des spécialistes du texte pensent qu'ils ont dû attendre l'autorisation de Koubilaï Khan avant de poursuivre leur avancée. Mais il ne faut pas un an pour l'aller et le retour d'un messager sur des routes sûres avec de nombreux relais. Pourquoi l'empereur aurait-il tant tardé à donner son autorisation ? Deux mois d'indisponibilité, pourquoi pas, mais une année n'est pas dans l'ordre des choses. Aucune hypothèse n'étant satisfaisante, nous pourrions recevoir du Ciel (*tian*) l'autorisation exceptionnelle de donner du mou à la rigueur qui nous tient. Ce mou nous conduit vers un cliché de la famille hollywoodienne :

Marco a été pris d'un amour irrésistible pour une jeune et dansante Ganzhouéenne. Elle est flattée, la jeune fille, de susciter la fougue de ce bel étranger qui vient de si loin, elle est émoustillée et se sent des ailes. Elle se donne. Il prend et comble. Il dit : encore ! Elle dit : toujours ! Nous sommes en Chine où l'ordre confucéen ne permet pas la joyeuse liberté des peuplades laissées à plusieurs jours de marche derrière eux. Elle a des frères et un père dont l'élan meurtrier est arrêté par la crainte de l'empereur que ces diables d'étrangers disent connaître. À défaut d'être tué, Marco est jeté en prison. Les autorités sont impressionnées par la prestance et l'autorité calme de Nicolo (il est temps de lui donner un rôle) qui obtient qu'un messager soit envoyé à la cour du Grand Khan afin de lui exposer la situation. Pendant l'attente, on essaie d'empoisonner Marco dans son cachot. Le réseau secret de son corps de femme que le jeune Vénitien a révélé à la Ganzhouéenne a développé chez elle une malice insoupçonnée. Elle s'est fait un allié d'un des gardiens de la prison. Le poison est remplacé par un narcotique. Quand Marco se réveille, on pense qu'il possède des pouvoirs magiques. Il fait peur, on le laisse tranquille dans sa prison, on cherche même à recevoir ses bienfaits.

Le messager revient avec l'ordre de libérer Marco qui, de son côté, doit donner un cadeau au père de la jeune fille et quitter au plus vite la ville avec ses parents. Entre-temps, le Ciel (encore lui) a offert à la jeune amoureuse un souvenir de son élan vital : un garçon à la peau pâle et aux grands yeux qui sont à la fois la marque d'une faute et d'une promesse. Consultés, les devins interprètent cette naissance d'une manière si complexe et contradictoire que seuls de jolis rubis rapportés de Perse pourront réconcilier l'Est et l'Ouest au cours d'une fête mémorable pendant laquelle Marco chante une complainte amoureuse de Venise tandis que la jeune mère cache son visage. L'alcool de riz coule à flots.

Le lendemain, il faut obéir. Le départ des trois

marchands de Venise est l'occasion d'un nouveau cliché. Voici la jeune femme debout dans le soleil levant vers lequel s'élancent les chevaux des Polo. Elle porte son bébé éclairé d'une lumière dorée que l'ombre des feuilles d'un arbre fait danser sur cette peau aussi tendre pour la mère que Marco avait été fougueux en elle. Tout n'est-il que danse ? Combien la femme passe allégrement des corps enflammés au doux bercement du bébé ! Les larmes de la Chinoise sont à peine visibles. Marco se retourne. J'aurais aimé qu'il tombât de cheval et se cassât les deux jambes — mais on ne peut plus faire attendre l'empereur.

L'énigme est résolue d'une certaine manière. La sibylline formule utilisée afin de justifier cette année de vide apparent « pour leurs affaires qui ne valent pas d'être mentionnées », est donc le faux nez d'une de ces histoires d'amours impossibles qui semblent un filon inépuisable depuis l'origine de la littérature.

Lanzhou, le fleuve Jaune dont ils vont suivre le cours vers le nord puis l'est, Yinchuan, Xuanhua… Ils s'approchent du but par des voies sûres. Avant de rencontrer Koubilaï à Shangdu, la capitale d'été des Mongols, il est important de s'arrêter sur une figure dont le mythe est influent au Moyen Âge, le roi-prêtre Jean dont Marco Polo cherche et trouve des traces pendant son itinéraire. C'est une histoire dans laquelle se révèlent des éléments réels et des éléments imaginaires alimentés par une manipulation.

Vers 1165, une longue lettre d'un certain Presbyter Johannes, prêtre Jean, circule en Europe. Elle a été adressée à l'empereur byzantin Manuel Comnène, également à Frédéric Ier de Hohenstaufen dit Frédéric Barberousse, empereur du Saint Empire germanique, et au pape Alexandre III. Elle émane d'un monarque chrétien qui situe son royaume en Orient, loin derrière les lignes tenues par les musulmans qui menaçaient les royaumes francs de Terre sainte (Jérusalem allait tomber en 1187). Il s'affirme riche et puissant et propose une alliance à la chrétienté européenne bien que tous ses sujets ne soient pas chrétiens.

Il écrit :

> Nous désirons dans nos vœux visiter le sépulcre du Seigneur avec une immense armée, dans la mesure où ceci convient à la gloire de notre majesté pour humilier et combattre les ennemis de la croix du Christ et pour exalter son nom béni[1].

Il rêve d'un empire universel fondé sur la réconciliation des différentes Églises chrétiennes. Il développe le principe d'une royauté spirituelle, qui pourrait remonter à saint Augustin, et une théocratie qui correspond à l'idéal médiéval : le pouvoir séculier devant être subordonné au pouvoir spirituel personnifié par le monarque. D'où le nom de roi-prêtre Jean qui lui est donné. La lettre décrit de manière précise la géographie des différentes provinces du royaume et insiste sur la magnificence du palais royal dans lequel abondent les pierres

1 Marco Polo vu par Giovanni Grevenbroch (1731-1807) *in Coutumes des Vénitiens*. Venise, musée Correr.

2 Marco Polo, son père et son oncle quittant Venise. *Li Livres du Graunt Caam*, miniature de Johannes, avant 1500. Oxford, Bodleian Library.

1
2

3

4

5

« Chaque fois que je fais la description d'une ville, je dis quelque chose de Venise »

(Marco Polo à Kublai dans Les Villes invisibles *d'Italo Calvino).*

« Pour savoir la pure vérité des diverses régions du monde, si prenez cest livre et le faites lire : si trouverez les grandesimes merveilles qui y sont escriptes de la Grant Hermenie et de Persse et des Tartas et d'Ynde et de maintes autres provinces. »

3 Koubilaï Khan. Taiwan, National Palace Museum.

4 Grégoire X et les frères Matteo et Nicolo Polo. *Le Livre des Merveilles*, miniature par le Maître d'Egerton, vers 1410-1412. Paris, Bibliothèque nationale de France.

5 Alâ Al Dîn Muhammad dans le faux paradis. *Id., ibid.*

6 Collecteurs d'impôts à Hangzhou. *Id., ibid.*

6

« Pourquoi avez-vous envie d'aller mourir sur les routes ? Dites-le-moi. Si vous avez besoin d'or, je vous en donnerai bien plus que vous n'en avez à la maison. Et pareillement pour toute autre chose que vous demanderez. »

7 Caravane dans le Turkestan afghan. Photo Roland et Sabrina Michaud.

8 Montagnes de Huang Shan. *Id.*

9 Cocotiers dans la baie du Bengale. *Id.*

7

8

9

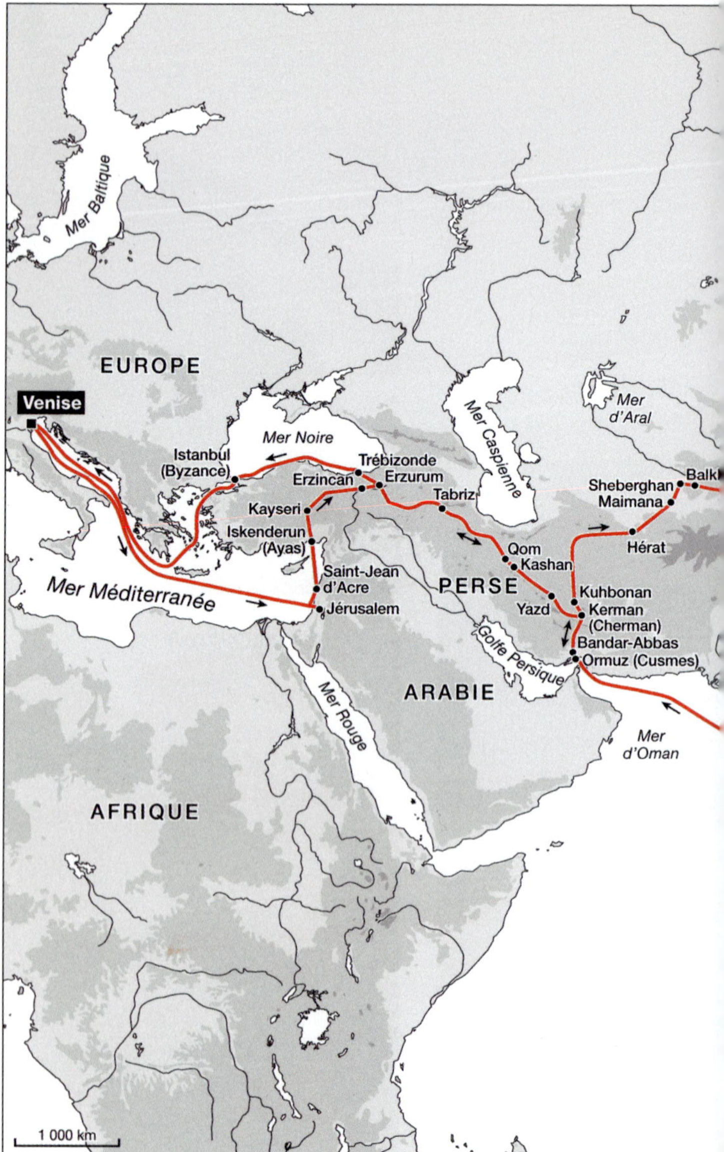

10 Le voyage de Marco Polo.

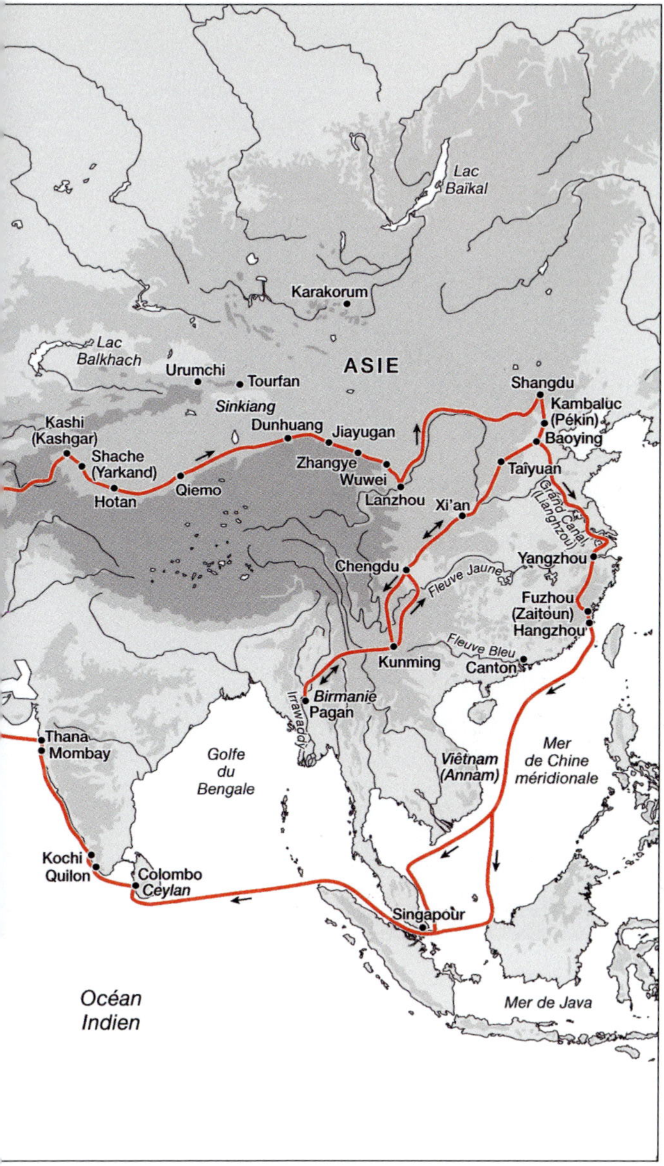

Lac
Baïkal
Karakorum
Lac
Balkhach
Urumchi
Tourfan
ASIE
Shangdu
Kambaluc
(Pékin)
Baoying
Sinkiang
Kashi
(Kashgar)
Shache
(Yarkand)
Hotan
Qiemo
Dunhuang
Jiayugan
Zhangye
Wuwei
Lanzhou
Taïyuan
Grand Canal
(Lianghzou)
Xi'an
Chengdu
Yangzhou
Fleuve Jaune
Fuzhou
(Zaitoun)
Hangzhou
Fleuve Bleu
Kunming
Canton
Birmanie
Pagan
Irrawaddy
Thana
Mombay
Golfe
du
Bengale
Viêtnam
(Annam)
Mer
de Chine
méridionale
Kochi
Quilon
Colombo
Ceylan
Singapour
Océan
Indien
Mer de Java

11

11 Portrait à la manière de Lorenzo Lotto longtemps considéré comme celui de Marco Polo âgé, vers 1520. Rome, Galleria Doria Pamphilj.

*« Je n'ai pas révélé la moitié de ce que j'ai vu,
car je savais que l'on ne me croirait pas. »*

précieuses. Le merveilleux y côtoie les descriptions réalistes. Ainsi un miroir de taille colossale se trouve-t-il érigé sur une tour de cent vingt-cinq marches devant les portes du palais. Au sol, une seule colonne ; sur elle, une base où sont posées deux colonnes, puis une autre tour surmontée de quatre colonnes, puis huit colonnes, seize, trente-deux, soixante-quatre, à nouveau soixante-quatre, puis trente-deux, seize... jusqu'à une seule colonne comme à la base. C'est au sommet de cette colonne supérieure qu'est dressé un miroir qui permet aux gardiens de prendre connaissance « de tout ce qui se passe à notre profit ou à notre détriment dans les provinces adjacentes et sujettes à nous. Il est surveillé jour et nuit par douze mille hommes armés pour qu'il ne puisse se casser par accident ou être renversé ». Ce roi, dont la modestie n'est pas le point fort, possède donc le pouvoir temporel, le pouvoir spirituel et, en reflet, la connaissance du réel.

Cette lettre exprime si fortement un espoir de l'époque, particulièrement au sein de la papauté, qu'elle a été lue dans les églises. On retrouve ce roi Jean dans *Perceval le Gallois*. Mais la lettre est un faux. Elle s'appuie cependant sur des réalités. L'Europe savait combien le christianisme avait été florissant à l'est de Jérusalem et de l'Empire byzantin sous la forme du nestorianisme.

Le roi-prêtre Jean était devenu un terme générique pour désigner les souverains chrétiens de l'Asie orientale. On le reconnaît dans un roi qui en

1141 vainquit le sultan de Perse Sanyar, également chez les rois qui régnaient sur les Turcs Ongüt de Mongolie. Marco Polo le prend pour Ong Khan à qui Gengis Khan avait demandé la main de sa fille pour son fils, suprême offense qui se termina par la défaite du « prêtre Jean » relatée avec précision par Marco Polo.

Imprégné de cette légende, ce dernier croise au cours de son voyage des traces de l'existence de la lignée du prêtre Jean. Il a d'autant moins de raisons de mettre en doute son existence que les récits qu'il recueille çà et là évoquaient des rivalités de suzeraineté entre Gengis Khan, qui bâtissait son empire avec une cruelle énergie, et des souverains nestoriens. Racontant la bataille décisive entre le Grand Khan et le prêtre Jean, il ne se trompe, d'après les historiens et les archives mongoles, que sur des points de détail et, évidemment, sur le nom du monarque chrétien qui, pour lui, ne peut être que Jean.

Sujet d'étonnement : quand il s'agit de combats entre chrétiens et musulmans, Marco Polo s'affirme résolument du côté de sa foi et de sa culture. Il n'en est pas de même avec la lignée du prêtre Jean en butte à la puissance des Mongols. On comprendrait qu'il les ait ménagés sur place quand il était à leur service, mais il garde la même ligne de retour en Italie. Faut-il y voir la continuité du grand dessein politique d'alliance ? Ou, plus simplement, l'esprit de fidélité au suzerain que l'on a servi, un principe bien ancré dans les mentalités du Moyen Âge ? Il prend là le risque de déplaire à ses contemporains quand il se montre trop proche des intérêts des Mongols. Légèreté, conflit de fidélité ou inconscience ? Cette anticipation dans le récit — car Marco Polo n'est pas encore au service du Grand Khan — nous permet de mieux comprendre la sérénité avec laquelle il raconte la défaite des chrétiens dans les plaines lointaines d'Asie, dont les conséquences ont modifié le cours de l'histoire.

Victime ou volage, Clio change facilement de lit…

Une nouvelle remarque avant de reprendre la route. Malgré nos efforts, une part de la psyché de Marco Polo nous échappe. S'il expose ses désapprobations et ses fascinations, il ne nous livre jamais ses arrière-pensées. En avait-il ? De toute façon, il n'était pas dans les habitudes de l'époque d'étaler ses émois. Il se croyait orphelin, il retrouve son père qui lui demande de le suivre jusqu'aux limites de la terre. Rien à signaler. Le voyage est beaucoup plus long que prévu. Il n'y a pas là une raison de se plaindre. Il lui sera ensuite demandé de servir un souverain étranger. Pas d'hésitation. Un jour, enfin, le retour sera possible, bien que périlleux. On affrontera les vents, les anthropophages, les pirates.

L'empereur du bout du monde

Automne 1275, les Polo approchent du but.

À quarante journées de la ville de Ciandu (Shangdu) où Koubilaï réside pendant les trois mois de la saison chaude et qui restera la capitale d'été des Mongols jusqu'à la fin de leur règne en 1368, l'empereur envoie des messagers à leur rencontre. Il fait préparer de quoi les accueillir le plus honorablement possible. Dès que les Vénitiens pénètrent dans la ville, ils se dirigent vers le palais du Grand Khan qui les reçoit « en très grande compagnie de barons », preuve de l'importance qu'il accorde à leurs personnes et à leur mission. Ils s'agenouillent puis s'étendent sur le sol selon la coutume avant que Koubilaï ne les relève et les fête.

Il les interroge sur leur vie, particulièrement sur leur voyage. Diplomates, voire flatteurs, les deux frères répondent que « tout était très bien puisqu'ils le retrouvaient en bonne santé, force et bonheur ». Vient alors la question essentielle pour l'empereur : quels furent leurs entretiens avec le souverain pontife :

Ils lui expliquent fort honorablement tout ce qu'ils avaient fait en vérité ; le Sire et tous les barons les écoutent en très grand silence, s'émerveillent de leurs longues fatigues et de leurs périls.

Les Polo présentent les lettres et les cadeaux du pape, ainsi que la sainte huile de la lampe du sépulcre. L'empereur s'en réjouit, il ordonne que l'huile soit conservée avec grand honneur. Il ne semble pas leur demander en quel abîme ont disparu les cent lettrés chrétiens qu'il désirait recevoir. Avait-il déjà été prévenu par un message de l'impossibilité de venir avec eux, avait-il oublié son souhait, ou le *Devisement* passe-t-il volontairement sous silence cette déficience de la papauté ?

Arrive alors un moment crucial. Koubilaï observe Marco resté silencieux et demande qui il est :

— Sire, fait Messire Nicolo, il est mon fils et votre homme ; à grand-peine et péril l'ai amené à vous de pays si lointains comme le bien le plus précieux que j'aie en ce monde, pour vous le présenter et qu'il soit votre serviteur.

— Qu'il soit le bienvenu, fait le Grand Khan, car il me plaît fort.

Si l'on suit l'ordre chronologique, qui n'est pas l'ordre du *Devisement*, il est à noter que le projet d'offrir Marco à l'empereur n'est évoqué ni au départ ni pendant le voyage. L'affaire nous est présentée comme allant de soi ; ce n'est pas le cas. Ou la décision a été mûrie et discutée pendant les quatre années de l'itinéraire et, selon cette optique, un jeune Vénitien débrouillard, parlant plusieurs langues et connaissant aussi bien l'état que les mœurs de l'empire, pourrait être une manière d'excuser l'absence des cent lettrés dont il n'est plus question. Ou, ce qui semble le plus plausible, l'empereur a pris le temps de constater les qualités du jeune homme de vingt et un ans avant de demander qu'il entre à son service. Impossible de refuser. Il reste alors, pour sauver la face, la possibilité d'écrire qu'il s'agissait d'un choix volontaire, du moins de la part du père.

La demande de l'empereur, si demande il y eut, n'a rien d'étonnant. Koubilaï Khan avait l'habitude de s'entourer d'étrangers qui lui apportaient des compétences et des qualités qui complétaient celles des Mongols. Il était assez fin observateur pour comprendre que les Chinois, qu'ils soient du nord ou du sud, ne pouvaient apprécier un maître venu de l'étranger, incapable de saisir la beauté de leur écriture, les subtilités de leur pensée, le raffinement de leur art, encore moins la valeur des rituels si importants pour le grand Confucius.

Naturellement, comme cela se pratique quels que soient les lieux et l'époque, l'empereur commencera par éprouver Marco en lui donnant des missions d'inspection qui correspondent à ses qualités de voyageur polyglotte qui a su développer par goût et par nécessité un sens aigu de l'observation.

Plus puissant que l'empereur de Byzance, l'empereur du Saint Empire ou le roi de France, désireux d'établir un lien avec le pape de Rome, Koubilaï Khan, grâce à ses conquêtes, donnera à l'Empire mongol sa plus grande extension de la mer Noire jusqu'à la mer de Chine, de la Sibérie au royaume khmer. Il est le petit-fils de Gengis Khan qui régna de 1206 à 1227 et créa la lignée dite gengiskhanide. À l'origine, Gengis n'était que le chef d'un clan vivant dans la partie orientale de la Mongolie. Grâce à ses capacités militaires et politiques, il réussit à rassembler sous son autorité l'ensemble des tribus mongoles. Sa cavalerie semblait invincible par son endurance, sa rapidité et sa capacité à surprendre l'adversaire. Il envahit le Turkestan occidental, l'Afghanistan, la Perse, traversa le Caucase et gagna la Volga.

Le pouvoir fut ensuite exercé par Ogotaï qui poursuivit l'irrésistible et terrifiant mouvement vers l'ouest en envahissant la Hongrie avant de s'arrêter devant Vienne. Une chevauchée épique le conduisit à Bagdad qu'il mit à feu et à sang avant de fondre sur Damas et Alep. La destruction de cités florissantes qui avaient donné à la culture musulmane un éclat exceptionnel qu'elle ne retrouvera pas dans les pays arabes explique à la fois le souhait de l'Occident de trouver un allié chez les cavaliers, qui l'avaient fait trembler avant de le faire espérer, et l'incapacité qu'a eue Marco Polo de reconnaître la grandeur de cette civilisation en partie enfouie sous les cendres mongoles. Nous avons également souligné l'importance de la question du Proche-Orient dans son hostilité à l'égard des musulmans qui avaient pris la Terre sainte à l'Empire romain d'Orient dès le VIIe siècle avant que, quatre siècles plus tard, les croisades ne rendent en partie cette terre à la chrétienté et que Godefroi de Bouillon et le comte de Toulouse ne reprennent Jérusalem, à nouveau sous souveraineté musulmane depuis 1187.

Une parenthèse : on peut se demander si cette terre, si lourde de sainteté et de sang, qui voit le soleil se coucher sur la mer la plus chargée d'histoire, d'intelligence et de beauté, n'est pas le jouet d'un destin tragique où le sectarisme et la haine ne cessent d'inventer de nouvelles raisons d'imposer leur loi.

Ogotaï détruisit ensuite la puissance du « Vieux de la Montagne », chef de la puissante confrérie des « Assassins ».

À Ogotaï, succédèrent Guyuk, puis Mongka de 1251 à 1259. À cette date, l'Empire mongol est divisé en quatre khanats. Le grand Khanat où se tient le Grand Mongol comprend la Mongolie puis, peu à peu, la Chine ; le khanat d'Asie centrale s'étend autour de Samarkand et de Kashgar ; le khanat de Russie, ou « Horde d'Or », de la Crimée jusqu'aux environs du 90e méridien ; enfin, au sud-ouest, le khanat de Perse, de l'Asie Mineure jusqu'aux abords de l'Indus.

On a vu les raisons qui ont poussé les puissances européennes à entrer en contact avec les Mongols, à mieux les connaître, à jauger leurs forces avec l'espoir de ne plus les voir revenir et de s'en faire des alliés.

Arrêtons-nous sur deux figures exceptionnelles. Jean de Plan Carpin (Pian Carpino) était un lettré d'envergure. Devenu moine franciscain, il avait été responsable de plusieurs provinces. Il avait circulé dans de nombreux pays d'Europe, de la Scandinavie à l'Espagne en passant par la Pologne et la Hongrie.

Le pape Innocent IV, celui-là même qui souhaitait convertir les Mongols, lui confie la mission d'aller rencontrer le Grand Khan en un temps où l'on craint encore un retour de la cavalerie mongole sur les terres chrétiennes. Accompagné d'un autre franciscain d'origine polonaise, frère Bénédict, qui lui sert de secrétaire, il quitte Lyon en 1245, soit trois ans après le déferlement mongol sur Vienne. On peut dire, en suivant le général Percy Sykes, qu'il s'agit là d'une mission de renseignement :

> Les frères reçoivent pour instruction de chercher à connaître exactement ce que pouvaient être les plans des Mongols, de recueillir aussi des informations sur les tribus chrétiennes [1].

Cherchant des appuis et des conseils avant d'affronter l'inconnu, il rencontre des souverains chrétiens à Prague, Breslau et Kiev. Il atteint la Volga, poursuit sa route avec courage et rapidité. En juillet 1246, il arrive à Karakorum où il assiste à l'élection du nouvel empereur, Guyuk. Il reste auprès de lui pendant quatre mois. De retour en Europe en 1247, il rédige une *Historica Mongolorum* qui est le premier ouvrage occidental sur le sujet. Avec une grande précision, il décrit les mœurs des Mongols, leurs croyances, leur façon de se gouverner et l'état de leur puissance militaire.

Six années plus tard, la situation a changé. L'Europe ne craint plus un retour des Mongols tandis que Saint Louis entreprend avec les croisés le dessein de reconquérir la Terre sainte. À Saint-Jean-d'Acre, le roi très chrétien confie à un moine franciscain originaire des Flandres, Guillaume de Rubrouck, la mission de se rendre à son tour auprès du Grand Khan. En avril 1253, le messager passe par Constantinople pour recueillir des informations fraîches sur la situation en Orient. Il est notamment accompagné par un autre franciscain, Bartolomeo de Crémone, qui connaissait bien le monde byzantin, et par un interprète dont il ne dira que du mal. Allant bon train, il rencontre sept mois plus tard le nouveau Grand Khan, Mongka, qu'il suivra jusqu'à Karakorum. Il restera avec lui pendant quelques mois. Le 10 juillet 1254 (année de naissance de Marco Polo), il prend le chemin de retour en passant par la Géorgie, les montagnes du Causase et l'Asie Mineure d'où il regagne son couvent à Chypre en juin 1255. C'est alors qu'il rédige son *Itinerarium ad partes orientales* sous forme de lettres au roi de France qui évoquent les coutumes des Mongols tout en revenant très souvent sur les chrétiens qu'il a côtoyés. Il ne cache pas son hostilité à l'égard des nestoriens bien qu'il en rencontre plusieurs (surtout des femmes) dans l'entourage du monarque.

Outre qu'il est un bon vivant plein de truculence, habité par une foi en acier, Guillaume de Rubrouck est un véritable écrivain, tant par son art de la composition que par la vivacité des dialogues ou le choix des anecdotes significatives. La relation de Jean de Plan Carpin est un document sérieux à l'usage des curieux et des historiens, les lettres de frère Guillaume sont l'œuvre d'un artiste. Claude-Claire et René Kappler, auteurs d'une traduction de l'*Itinerarium*, présentent ainsi son talent dans leur plaisante introduction :

> La gamme de ses « effets » est très large : c'est un personnage à la fois pétillant d'humour et « pas commode » ! Ce n'était pas un triste saint : on peut dire, je crois, qu'il s'aimait lui-même, non pas comme un Narcisse mais comme un être humain incarné et heureux de l'être. En un sens, il chantait, en bon franciscain, le cantique des créatures [2].

Rien ne vaut la lecture d'un passage pour avoir une idée du naturel de son style.

Rubrouck est arrivé à la cour du Grand Khan. Celui-ci lui demande les raisons de sa mission. Il répond qu'elles sont religieuses. Alors l'empereur souhaite organiser un débat entre chrétiens, musulmans et les moines bouddhistes des écoles tibétaines qui avaient une grande influence en Mongolie. Rubrouck accepte et propose de dialoguer d'abord avec un bouddhiste en présence des représentants des autres religions :

> Je dis à ce tuin [bouddhiste] : « Nous croyons fermement de cœur et confessons de bouche que Dieu existe, qu'il n'existe qu'un seul Dieu, qui est un, d'une unité parfaite. Et toi, qu'en crois-tu ? » Il dit : « Les insensés disent qu'il n'y a qu'un seul Dieu, mais les sages disent qu'il y en a plusieurs. N'y a-t-il pas dans ton pays de grands seigneurs, et n'y a-t-il pas ici un plus

grand seigneur, qui est Mangou-Chan [Mongka Khan] ? Il en est ainsi des dieux, car ils sont divers selon les diverses régions. » Je lui dis : « Tu choisis un mauvais exemple en comparant les hommes à Dieu : à ce compte, n'importe quel puissant pourrait sur ses terres être nommé Dieu ! »

Et comme je voulais détruire sa comparaison, il me devança en demandant : « Quelle est la nature de ton Dieu, de qui tu dis qu'il n'y en a point d'autre ? » Je répondis : « Notre Dieu, en dehors de qui il n'existe nul autre dieu, est tout-puissant, aussi n'a-t-il besoin du secours de personne ; c'est nous au contraire qui avons besoin de son secours. Il n'en est pas ainsi des hommes. Aucun homme ne peut tout, c'est pourquoi il faut qu'il y ait plusieurs seigneurs sur terre, car nul ne peut tout porter. De même, il connaît tout, et n'a donc pas besoin de conseiller. Au contraire, toute sagesse vient de lui. De même, il est suprêmement bon et n'a pas besoin de nos bienfaits ; mais c'est en lui que nous avons la vie, le mouvement et l'être. Tel est notre Dieu, c'est pourquoi il ne faut pas en supposer un autre. — Il n'en est pas ainsi, dit-il. S'il y a bien un Dieu dans le ciel, plus haut que tous les autres, dont nous ignorons encore l'origine, il y en a cependant dix autres sous lui, et sous ces dix, un dieu inférieur. Sur la terre, ils sont en nombre infini. »

Comme il voulait continuer ce tissu de fables, je lui demandai, à propos de ce Dieu suprême, s'il croyait qu'il fût tout-puissant, ou s'il croyait qu'un autre Dieu eût la toute-puissance. Craignant de répondre, il demanda : « Si ton Dieu est tel que tu le dis, pourquoi a-t-il fait mauvaise la moitié des choses ? — C'est faux, dis-je, celui qui a fait le mal, ce n'est pas Dieu ; et tout ce qui est, est bon. » Ces paroles étonnèrent tous les tuins, et ils les notèrent par écrit, comme fausses ou impossibles. Il demanda alors : « D'où vient donc le mal ? — Ta question est mal posée, dis-je, tu devrais d'abord demander ce qu'est le mal, avant de demander d'où il vient ; mais reviens d'abord à la première question, à savoir si tu crois qu'il existe un Dieu tout-puissant, et ensuite je répondrai à tout ce qu'il te plaira de me demander. »

Il resta longtemps assis sans vouloir répondre, si bien que les secrétaires qui étaient là en qualité d'auditeurs du Chan [Khan] furent obligés de lui donner l'ordre de répondre. Il répondit enfin qu'il n'y avait aucun Dieu tout-puissant. Alors tous les Sarrasins éclatèrent d'un grand rire [3].

À la question de savoir si Marco Polo a pris connaissance de ces manuscrits de diffusion restreinte avant de s'élancer les yeux ouverts dans les parties blanches des cartes, ces étendues qui étaient comme l'inconscient de la terre, faisons confiance à Philippe Ménard :

Marco n'a pas eu l'occasion de s'informer et de connaître les textes latins de ses prédécesseurs [4].

Mongka meurt en 1259. Son frère cadet Koubilaï devient à son tour Grand Khan. Né en 1215, il régna de 1260 à 1294, de l'âge de quarante-cinq ans à celui de soixante-dix-neuf, soit pendant toute la durée du séjour des Polo. Il avait déjà soixante ans et quinze ans de règne quand Marco entra à son service. Il entreprit de nouvelles conquêtes dont le joyau le plus précieux fut celle de la Chine du Sud que la dynastie des Song tenait encore après avoir dû céder la place aux Mongols dans la Chine du Nord, le Catai. Hangzhou tombera en 1276, un an après l'arrivée des Polo auprès de Koubilaï.

Le fait est à souligner; il explique la volonté de l'empereur d'envoyer des émissaires chargés de l'informer sur l'état de ces territoires riches et peuplés ayant derrière eux une longue histoire qui avait fait naître chez les habitants une haute idée d'eux-mêmes.

Koubilaï a également poussé son avancée vers le Tibet et la Birmanie. Il échouera dans les expéditions maritimes qu'il entreprendra dans une partie de l'Indonésie (Insulinde) et surtout, à deux reprises, au Japon. L'art des charges de cavalerie dans les plaines n'a rien à voir avec la connaissance de la navigation et des caprices des océans pour lesquels un Vénitien est mieux armé qu'un Mongol. Nous en aurons une preuve dix-sept ans plus tard. Ces échecs nous rappellent que les sociétés comme les individus ne sauraient s'éloigner sans danger des lignes tracées par les ancêtres. Mais, à l'inverse, on observe que l'art, le grand, comme la mystique sont des prises de danger.

Contrairement à la dynastie Qing, d'origine mandchoue qui, près de quatre siècles plus tard, régnera sur la Chine de 1644 à 1911 et se sinisera aussitôt, les Mongols ont gardé la plupart de leurs coutumes bien qu'en 1271 Koubilaï adopte le titre dynastique à la chinoise, celui des Yuan et se proclame empereur de Chine sous le nom de Shizu. Si la Chine est le morceau du roi et si la capitale de l'empire, Kambaluc, est construite à côté de Pékin, l'empire est formé de nombreux peuples dont certains, comme les lointains Perses, sont issus de très vieilles civilisations. D'autres, comme les Turcs, prendront vite conscience de leur puissance.

L'art de Koubilaï aura été de trouver un bon équilibre entre les domaines où il pouvait mettre de la souplesse (religions, langues, relative autonomie des royaumes dépendant de l'empereur, etc.) et ceux sur lesquels sa main était de fer : armée, sécurité, répression des révoltes.

D'abord de tradition orale, les coutumes mongoles, qui n'ont pas l'ampleur d'une civilisation, avaient été réunies par Gengis Khan dans un « recueil des lois », le *Yasa*. Il énumère, par exemple, les châtiments promis aux bagarreurs, voleurs, meurtriers selon le degré de leurs fautes. L'absence de livre saint et de religion structurée a permis aux Mongols une exceptionnelle ouverture vis-à-vis des religions de l'empire. Le Grand Khan aurait dit à Nicolo et Matteo :

> Il existe quatre prophètes qui sont adorés et à qui tout un chacun rend hommage. Les Chrétiens disent que leur Dieu fut Jésus-Christ, les Sarrazins Mahomet, les Juifs Moïse et les Idolâtres Sagamoni Burcan [le Bouddha, appelé également Sakyamuni], qui fut le premier dieu des idoles. Je les honore et révère tous les quatre, car l'un d'eux est plus grand au ciel et le plus véritable, et je le prie de m'assister.

Ô prudence ! En bon pragmatique qui n'était pas habité par un sentiment religieux d'une nature proche de nos conceptions, l'empereur est prêt à honorer le plus puissant. C'est sous cet angle qu'il faut comprendre la demande des cent lettrés. Leur rôle aurait été de prouver la supériorité de leurs connaissances ; plus encore, de leurs pouvoirs sur les phénomènes naturels. Dans l'esprit du chamanisme, la vraie puissance est d'ordre magique. Ainsi respecte-t-il et éventuellement craint-il les « idolâtres » dans la mesure où ils ont un pouvoir sur l'ordre des choses. Une des raisons de son refus d'embrasser la foi chrétienne, faute de preuves supérieures, vient des pouvoirs qu'il prête aux lamas :

> Ces idolâtres qui font tout ce qu'ils veulent avec leurs arts et science, ils seraient bien capables de me faire mourir.

Si le pape avait donné suite à la demande formulée par Koubilaï, on aurait pu assister à des scènes assez cocasses : un concours de magie entre doctes chrétiens et lamas. La « divine providence », comme on dit, s'est arrangée pour éviter cette sorte de joute pour laquelle les lamas semblaient mieux armés. On peut imaginer que, dans sa sagesse, le Saint-Père a flairé le piège. On peut surtout rappeler que pour convertir, les deux meilleurs moyens sont l'épée (dont l'usage est courant à défaut d'être glorieux) et la sainteté.

Pratiquant le chamanisme, comme beaucoup de peuples solidement liés aux rythmes et aux présences invisibles de la nature, les Mongols s'étaient orientés vers une sorte de monothéisme. Exposant les croyances et les coutumes de ses hôtes, Marco Polo nomme ce dieu Natigai. Il précise que : « c'est un dieu terrien qui garde leurs femmes, leurs fils, leurs bêtes et leurs grains ». Ce dieu a une femme et des fils qui sont également honorés et représentés par des statuettes. À l'heure des repas, le dieu et sa famille sont nourris de chair grasse et de bouillon.

Le voyageur évoque ensuite assez brièvement les coutumes vestimentaires. Il devient prolixe dès lors qu'il est question de l'art de la guerre. Il flatte là le goût de ses contemporains, mais il faut surtout y voir une information de première importance sur une question qui agite les cours européennes. Il y a de quoi les inciter à rechercher une alliance. Les archers mongols sont « les meilleurs du monde », les armures sont d'une grande solidité. Les soldats font peu de cas de leur vie. Les cavaliers sont d'une sobriété et d'une résistance exceptionnelles. Grâce à leurs qualités physiques et à leur obéissance « ces anciens serfs sont maintenant seigneurs du monde ».

L'organisation est d'une rigueur qui fait penser à celle des armées romaines. Si un seigneur mongol part en guerre avec cent mille hommes à cheval, il met un chef à chaque dizaine, un à chaque centaine, un à chaque millier et un tous les dix mille, « de sorte qu'il n'a à se consulter qu'avec dix hommes » qui chacun en commande dix mille, etc.

Ces cavaliers sont capables de demeurer deux jours et deux nuits sans descendre de leur cheval sur lequel ils dorment. Ils peuvent chevaucher dix journées sans faire de feu pour ne point être retardés. Ils se nourrissent alors du sang de leurs chevaux dont ils piquent une veine.

Leur courage proverbial s'accompagne d'un grand sens tactique. Quand une issue est incertaine, ils n'ont pas honte de faire semblant de fuir, de se retourner sur leur cheval pour tirer derrière eux de grandes volées de flèches empoisonnées sur les poursuivants avant de faire demi-tour et de revenir dans la bataille « en si bon ordre et avec tant de bruit qu'ils mettent leurs ennemis en fuite et les vainquent ».

Marco signale cependant que ce sont les caractéristiques des authentiques Mongols mais que ceux qui fréquentent la Chine ou le Levant « sont assez abâtardis et ont délaissé certaines de ces coutumes ».

Marco Polo a eu maintes occasions d'observer Koubilaï Khan qui règne d'une main de fer sur cet empire en mutation. Les portraits que nous avons de lui nous montrent un homme qui a nettement dépassé le « milieu du chemin de la vie ». Son visage est large comme celui des autres Mongols, le nez est plutôt épaté, les lèvres serrées marquent une volonté que rien ne saurait ébranler. L'essentiel de sa personnalité s'exprime à travers ses yeux naturellement plissés d'où se dégage une grande perspicacité. L'ensemble indique une ferme autorité, mais comme adoucie par l'âge et un je-ne-sais-quoi de scepticisme. Une autorité calme qui n'a pas, ou plus, besoin de se manifester ouvertement. Oui, l'étonnant dans les portraits de ce terrible conquérant amateur de sang, de chasse, de vin et de sexe, est qu'ils montrent une certaine sérénité (je n'ai pas écrit détachement) devant le spectacle du monde.

Dans la description qu'il fait de lui, Marco Polo ne s'intéresse qu'à l'aspect physique, l'interprétation psychologique n'étant ni dans ses cordes ni dans celles de ses contemporains :

> Le grand seigneur des seigneurs qui est appelé Cublai Kaan est tel : il est de belle taille, ni petit, ni grand, mais de taille moyenne. Sa charnure est bien répartie, ni trop grasse, ni trop maigre ; il est très bien constitué de tous ses membres. Il a son visage blanc et vermeil comme rose, ce qui lui donne un aspect très plaisant ; les yeux noirs et beaux, le nez bien fait et bien séant.

On ne voit rien ! C'est un portrait passe-partout qui n'est pas exagérément flatteur, contrairement à la description de sa puissance :

> Chacun sait vraiment que ce Grand Can est le plus puissant homme en gens, en terres et en trésors qui fût jamais au monde, ni soit aujourd'hui depuis Adam notre premier père, et que sous lui les gens sont tenus en telle obéissance que jamais on ne vit la pareille sous aucun roi plus ancien.

On peut admettre aisément que Marco Polo soit impressionné par le souverain d'un empire qu'il a mis plus de trois ans à traverser. Mais il montre dans ce passage combien chez lui l'effet de manche peut l'emporter sur l'analyse. Que sait-il de la richesse des empires qui se sont succédé depuis la création de la terre ? Et n'est-ce pas une insulte à l'égard de Byzance dont Venise a été la fille admirative et soumise avant d'avoir la prétention d'en devenir une violente maîtresse ? On constate chez Marco Polo un rétrécissement de l'esprit critique à partir du moment où il est question de l'empereur, de ses palais, sa fortune ou ses femmes. A-t-il à ce point le besoin d'épater le lecteur et, du même coup, se valoriser ? Mais la prouesse est dans le voyage, non dans le fait de connaître un riche monarque qui possède quatre épouses et quantités d'« amies » passagères. Les descriptions de l'administration, du service des postes, de l'activité économique, du plan des villes, de l'harmonie entre les religions… sont plus susceptibles de créer notre émerveillement que les pièces de son palais qu'il se fait un plaisir d'énumérer. Ah ? Une voix me rappelle que je ne suis pas un lecteur du Moyen Âge, encore moins un lecteur des romans chamarrés de Rustichello de Pise. Pourtant, les mœurs conjugales de Sa Majesté qui consomme les femmes comme il chasse devraient susciter la ferme désapprobation des chrétiens lecteurs du *Devisement*. À moins qu'elles ne les émoustillent en cachette…

L'empereur possède, en effet, quatre épouses officielles et se sert à loisir dans un essaim de « pucelles » issues de la tribu des Onggirat alliée par des mariages avec la famille de Gengis Khan. Chez ce peuple, les femmes sont belles et de bonnes manières. Des messagers sont envoyés dans la région où elles vivent afin d'en sélectionner après avoir analysé toutes les parties de leur corps et leur avoir donné une note dont la mesure est le carat : 17, 18, 20, parfois plus encore. On prend les plus cotées qui passent devant de nouveaux juges. Les meilleures des meilleures sont alors conviées à dormir avec de vieilles dames du palais qui observent si elles sont bien saines de toutes parts, ne ronflent pas, ne sécrètent pas de désagréables odeurs. Bref, après ces épreuves, les mauvaises surprises ne menacent guère le Grand Khan, mais ces sélections successives sur des caractères physiques ne permettent pas de déceler la femme idéale, celle dont l'âme est limpide et le cœur généreux, la figure qui faisait rêver les preux chevaliers, l'héroïne des romans courtois de l'autre extrémité du monde. Selon ces critères, Béatrice ne serait pas sélectionnée par Dante afin de devenir l'archétype de la Femme initiatrice qui guide vers la lumière.

Sans avoir l'ambition d'embrasser d'un coup de plume le problème complexe de l'image de la femme ici et là, on peut rappeler que son idéalisation a été particulièrement féconde au cours de notre Moyen Âge. Des héroïnes de Chrétien de Troyes et du Graal aux Vierges qui ornent les églises, que de présences féminines dans les cœurs et les prières !

Tout au long de sa route comme dans les lits des palais de Kambaluc, Marco Polo nous donne hélas une autre image. Pourquoi ne s'est-il arrêté une fois devant la majestueuse Guanyin ? Pourquoi n'a-t-il pas écouté un moine lui raconter comment le bodhisattva Avalokiteshvara du bouddhisme indien est devenu *femme* dans son passage vers la Chine, prouvant par là que les Chinois (et plus tard les Japonais avec Kannon) ont eu besoin d'un intercesseur féminin comme il y en a tant également dans le bouddhisme tibétain ? Guanyin qui, à défaut d'être pleine de grâce, est toute compassion.

Et si après ce détour, qui est bien dans l'esprit chinois, nous revenions aux portraits de Koubilaï Khan, nous pourrions noter une certaine tristesse dans son regard. Celle d'un homme qui n'a pas rencontré Guenièvre ?

À défaut, il possédait dans sa nouvelle capitale de Kambaluc un somptueux ensemble palatin qui suscite l'enthousiasme de Marco Polo. La construction de la ville avait été commencée en 1264 pour être inaugurée en 1274. En 1215, le fougueux Gengis Khan avait détruit Pékin qui sera remplacé par Kambaluc.

Le palais s'impose d'abord par sa taille. Chaque côté du premier mur d'enceinte des bâtiments fait 8 milles de long (12 kilomètres). Après un espace vide, voici un autre mur d'enceinte de 6 milles, puis des portes, puis huit vastes palais pour les équipements de Sa Majesté. Nouvelle muraille (un mille de long) qui entoure quatre beaux et très riches palais situés à chaque angle. Puis cinq portes orientées au sud comme il se doit, une dernière muraille, huit nouveaux palais, cinq portes (même orientation), et l'on arrive enfin devant le palais du « Grand Sire, le plus vaste et le plus merveilleux qui fût jamais vu ». Le palais de son petit-fils Temour, qui lui succédera et régnera de 1294 à 1307, est également somptueux et susceptible de faire rêver l'Europe médiévale. Les ancêtres de l'empereur vivaient sous des yourtes dans les steppes de Mongolie. Le *cow-boy* devenu empereur de Chine ?

Koubilaï possédait un goût prononcé pour la chasse. Quand il ne demeurait pas à Kambaluc, il se rendait vers le sud jusqu'à la mer avec dix mille fauconniers et cinq cents gerfauts. Il s'adonnait alors à de réjouissantes parties de chasse en compagnie d'une multitude de barons qui logeaient comme lui sous de magnifiques tentes.

Le Grand Khan aime également les fêtes. Les deux principales sont celles du commencement de l'année aux calendes de février et de son anniversaire le vingtième jour de la lune du mois de septembre. À cette occasion, il porte un habit d'or revêtu de perles et de pierres précieuses. Il offre des habits semblables à douze mille de ses plus fidèles compagnons. Tous les peuples de l'empire sont représentés : « quelle que soit leur foi, Idolâtres, Chrétiens, Juifs, Sarrazins, et autres ». Chacun prie pour lui ses idoles ou son Dieu.

Pour le nouvel an, la fête nommée « fête blanche » semble encore plus munificente. Kubilaï et « ses sujets se vêtent tous de robes blanches, hommes et femmes, petits et grands, s'ils ont moyen de le faire ». Le blanc est une couleur de bon augure qui donne faveurs et joie pour toute l'année. Assis sur son trône, le Grand Khan est adoré. Il a près de lui ses fils et les membres de sa famille. Puis les rois, les ducs, les barons, les chevaliers et les autres ordres.

Et quand ils sont tous assis, chacun bien à sa place, adonc se lève un grand vieux sage, comme qui dirait un grand prélat, et dit à voix très haute :

— Inclinez-vous et adorez !

Et tant tôt que celui-ci a ainsi parlé, tous se lèvent incontinent et se courbent, s'agenouillent et posent le front à terre ;

et font leur oraison au Seigneur et l'adorent comme s'il fût Dieu. Et puis dit le prélat :

— Dieu sauve et garde notre Seigneur longtemps en joie et en bonheur.

Et tous répondent :

— Ainsi fasse Dieu !

Et le prélat dit une seconde fois :

— Dieu accroisse et multiplie de mieux en mieux son empire et préserve tous les peuples soumis à lui en paix et bonne volonté, et en tous ses pays puissent toutes choses continuer prospères !

Et tous répondent :

— Ainsi fasse Dieu !

Et l'adorent en telle manière, par quatre fois.

Ces descriptions et coutumes sont une source pour les historiens qui y voient une nouvelle preuve de l'authenticité du voyage ; elles ne nous apportent guère d'informations sur Marco Polo, sa vie à la cour, ses espoirs. Il arrive souvent qu'il s'absente de son texte. Encore une fois, son récit n'est pas une autobiographie, il peut être pris pour une sorte de *quête* dont le Graal — c'est une affaire connue — est l'itinéraire lui-même.

Retenons un goût de l'empereur qui étonne Marco Polo. À portée d'arbalète de son palais, le Grand Khan a fait bâtir une colline d'une circonférence d'un mille sur laquelle de gros arbres aux feuilles persistantes ont été plantés après avoir été déterrés puis transportés par des éléphants. La terre de la colline a été couverte d'une pierre « qui est très verte ». Un joli palais « tout vert dedans et dehors » a été érigé au sommet de la colline. Cet ensemble dominé par le vert apporte bonheur et joie, réconfort et plaisir à ceux qui le contemplent. Ce goût pour les arbres semblait bien ancré chez Koubilaï. Sur toutes les routes du Catai, il a fait planter des arbres des deux côtés afin que les marchands ne s'égarent pas, surtout la nuit, et puissent se reposer de jour sous leurs ramures. Des « barons » sont chargés de les entretenir.

L'attachement aux arbres peut venir d'une compensation chez le descendant de pasteurs qui faisaient paître leurs troupeaux sur d'immenses steppes arides et nues. Il y a également cette indication donnée par ses devins et astrologues (bouddhistes du vajrayâna) — dont on peut supposer qu'ils avaient reçu l'enseignement du lien entre l'éveil du Bouddha et l'arbre de Bodh-Gayâ — à savoir que ceux qui font planter des arbres bénéficieront d'une longue vie. Pour les Polo, l'arbre n'est sûrement pas lié au Bouddha, qui est une idole confondue avec les autres, mais on peut être certain qu'ils ont salué avec reconnaissance leur présence sur les routes lors des orages, des rafales de vent, des nuits sans lune, des journées torrides, des heures où l'inquiétude a besoin d'un soutien amical et silencieux.

Les Mongols n'ont pas inventé l'usage du papier-monnaie. Il date de la Chine des Tang (VIIe-IXe siècle) et s'est maintenu sous la dynastie des Song abattue au nord par Gengis Khan, au sud par Koubilaï. Le sens de l'organisation des Mongols, l'autorité de leur administration leur a permis d'en développer l'usage à travers tout l'empire. Ils l'ont gagé sur un important Trésor gardé à Kambaluc, de telle sorte que sa valeur est reconnue jusqu'aux Indes. Cette monnaie est fabriquée à partir d'écorce de mûrier. Les feuilles sont signées puis un haut responsable leur imprime un sceau humecté de cinabre. La valeur des feuilles varie selon leur taille. Si quelqu'un s'avisait de contrefaire la monnaie, il était aussitôt puni de la peine capitale. Quand les feuilles sont déchirées, on peut en obtenir de neuves moyennant trois pour cent versés au Trésor. Tout à l'admiration de ce moyen de paiement, plus pratique il est vrai que l'or ou l'argent, Marco écrit que l'émission de billets ne coûte rien. À ses yeux, la fabrication est sans limites, mais comme on le sait, la valeur d'une monnaie dépend de la confiance. Quand les émissions ne seront plus compensées au sein d'un empire fragilisé, ce qui arrivera plus tard, le billet perdra de sa valeur nominale, l'inflation se développera, les troubles apparaîtront. Ou comment la Chine ancienne peut être un miroir…

L'empire possédait un exceptionnel système de communication qui a permis au centre du pouvoir de rester en contact avec les parties les plus éloignées. Sur les principales routes (ombragées), le voyageur trouvait un relais de poste tous les vingt-cinq milles (un peu moins de quarante kilomètres). Chaque relais proposait de quoi se nourrir, se reposer et tenait des chevaux frais à disposition. Marco Polo dénombre plus de dix mille relais avec plus de cent mille chevaux. Dans certains cas d'urgence, lors de la rébellion d'une province par exemple, s'il était nécessaire que le Grand Khan fût prévenu au plus vite, des messagers pouvaient parcourir jusqu'à deux cent cinquante milles par jour grâce à un système d'alerte qui tenait de bons chevaux prêts à partir tandis que le cavalier chargé d'une information ne devait pas se reposer. De leur côté, lorsqu'il n'y avait pas d'obstacle particulier, les Polo étaient capables de parcourir une quarantaine de kilomètres chaque jour. Si leur voyage a duré beaucoup plus longtemps que ceux de Jean de Plan Carpin ou de Rubrouck par rapport aux distances, c'est à cause de leur propension aux détours buissonniers, sans oublier les intempéries, les montagnes à traverser et, surtout, ces deux années de haltes dont les causes véritables restent à éclaircir ou resteront à jamais recouvertes d'un voile.

La traversée de la Chine à la vitesse de deux saisons

Koubilaï a pris le temps d'observer les qualités de Marco Polo. Il a senti que ce jeune homme pourrait lui être utile et fidèle. Rappelons qu'il se méfiait particulièrement des Chinois du Sud qu'il venait de soumettre à sa loi implacable. Quels prétentieux, ces lettrés entichés de rites et de livres obscurs, hostiles aux étrangers et d'une incroyable fierté devant leur histoire !

Deux ou trois ans après son arrivée, vers 1277, 1278, l'empereur envoie Marco Polo en ambassade, ou en tournée d'inspection vers Kunming au nord du Yunnan, dans la partie sud-ouest de la Chine, non loin de la péninsule indochinoise. Il mettra quatre à six mois à l'atteindre.

Il commence par évoquer un pont de pierre « qu'en le monde entier de si beau n'a son pareil ». Il est si large que dix hommes à cheval peuvent avancer de front. Il admire particulièrement des lions de marbre qui soutiennent les colonnes. Ce pont n'existe plus mais le visiteur curieux d'aujourd'hui peut en admirer un de l'époque Ming auquel a été donné le nom de *Pont de Marco Polo*.

Les régions qu'il traverse sont prospères, bien fournies en vignes et jardins. À un point de son voyage, alors qu'il se trouve devant deux routes, il note que l'une traverse le Catai et que l'autre se dirige vers le Manzi. Nous avons là une nouvelle indication que, même après la conquête de la dernière portion de l'empire des Song, Marco Polo, pas plus que les Mongols, n'a conscience que ces deux « pays » ont été maintes fois unifiés pour former la Chine, unie au moins par l'écriture et par le confucianisme, à défaut de l'être par la langue parlée ou la géographie.

Marco Polo arrive dans le Shaanxi puis devant le fleuve Jaune (fleuve Noir pour les Mongols) dont il avait traversé ou longé une partie plus au nord avant d'atteindre Shangdu. Dans cette région le fleuve est si large qu'aucun pont ne le traverse. Marco remarque avec plaisir les productions de gingembre, de soie et est enchanté par la multitude des oiseaux.

Il passe à Xi'an, qu'il nomme Quengianfu, où les statues des soldats attendaient en rangs serrés dans les entrailles de la terre. Il trouve la ville vaste et belle et note, à juste titre, qu'elle a été la capitale d'un royaume riche et puissant. Il note l'importance de la production de la soie et de la fabrication d'équipements militaires. À cinq milles en dehors de la ville, il admire le palais du roi Mangalai, un des fils de Koubilaï qui « tient son royaume en grande justice et dans le droit, et c'est pourquoi il est fort aimé de ses gens. Les armées demeurent tout autour du palais, et s'y réjouissent grandement à la chasse. » Sensible à la puissance, Marco n'oublie jamais de souligner la justice quand il la rencontre.

Après Xi'an, il s'engage dans une région montagneuse située entre le fleuve Jaune et le fleuve Bleu. Il redescend vers la riche plaine alluviale du fleuve Bleu, « qui dure deux journées », et doit à nouveau traverser des montagnes avant d'arriver à Chengdu dans le Sichuan. Il est impressionné par l'activité de la ville et par le nombre de bateaux qui naviguent sur l'affluent de fleuve Bleu. Il recommence la ritournelle des superlatifs à laquelle on a fini par s'habituer et que l'on peut d'autant plus lui pardonner qu'en Chine du Sud il ouvre de nouvelles voies vers l'inconnu :

> Si grande est la multitude et l'abondance des denrées que les marchands transportent, vers l'amont et l'aval, que nul homme au monde, sans l'avoir vu, ne le pourrait croire.

La région suivante qu'il nomme Tibet, mais qui est encore dans le Sichuan actuel, a été dévastée à la suite de la guerre de conquête qu'avait conduite Mongka, le frère de Koubilaï. Une coutume retient son attention. Dans ces montagnes où rôdent ours, lions (ou tigres) et autres bêtes sauvages, de gros bambous poussent le long des rivières. À l'heure des campements, les voyageurs en coupent une bonne quantité pour y mettre le feu. Les bambous craquent en brûlant. Le vacarme est tel qu'il s'entend dans la nuit à dix milles (quinze kilomètres). Les bêtes s'enfuient tandis que les humains qui n'ont pas l'habitude de cette pétarade ont intérêt à se mettre du coton dans les oreilles afin d'éviter le risque de « perdre le sens ou s'en mourir ». Ainsi ces hommes coriaces devant le froid, la canicule ou les serpents ne supportent-ils pas un bruit probablement plus léger que celui d'une discothèque. Quant aux chevaux, il faut les attacher avec des chaînes de fer.

Marco doit ensuite avancer pendant une vingtaine de jours sans trouver ni auberge ni nourriture avant d'arriver dans une contrée où les villages sont accrochés aux pentes abruptes des montagnes.

Il y a maintenant un certain temps que le jeune Vénitien ne nous avait pas entretenus d'une question qui est pour lui un sujet de prédilection et d'inspiration : la question dix fois posée, dix fois retournée, des femmes. Il trouve dans ces montagnes de quoi s'étonner : les hommes ne veulent pas épouser une pucelle. Ils pensent qu'une fille qui n'aurait été connue par aucun homme est mal vue des dieux et qu'il faut l'éviter. Comment faire ? Quand un voyageur s'en vient par ici d'un autre pays, les vieilles femmes du village qui ont des filles à marier supplient ces inconnus de coucher avec elles. Ah ! Mais les coquins, c'est qu'ils choisissent les plus belles et laissent les autres s'en retourner chez elles toutes penaudes ! Marco note le fait sans juger ni avoir un élan de charité vers elles. Les voyageurs font donc leurs « quatre volontés » en compagnie des demoiselles élues mais ne peuvent les emmener avec eux. À l'heure naturellement émouvante du départ, la coutume veut que l'homme laisse en cadeau un bijou, un anneau ou une médaille. Les femmes les portent au cou comme preuve que des amants « ont eu jeu avec elle ». Plus elles en possèdent (au moins vingt médailles, signale Marco), plus elles sont félicitées par leurs parents et plus elles auront de valeur pour se marier. Si l'une devient enceinte, l'enfant sera élevé par le futur époux et sera « héritier dans la maison tout comme les autres nés ensuite ». Mais attention…, ajoute-t-il, une fois mariée la femme doit rester fidèle. Et voici que Marco pointe son nez et justifie, dans une certaine mesure, l'intérêt qu'il porte à ces manières bien éloignées de la morale prêchée par l'Église :

> N'est-ce pas qu'en cette contrée, nos jeunes gentilhommes de seize à vingt-quatre ans [Marco en a environ vingt-quatre] feraient bien d'aller faire un tour ? Il y aurait des filles en veux-tu en voilà, et on leur demanderait de les prendre gratis !

Bien. Comme depuis le début nous suivons Marco autant pour le plaisir de l'aventure que par goût de connaissances historiques et anthropologiques, nous pouvons nous demander si cette étrange coutume, qui a encore été observée au XXe siècle, était crédible aux yeux des lecteurs du XIVe siècle. La présence de l'Arche de Noé sur le mont Ararat était indiscutable ; les ébats galants comme condition du mariage, une sorte d'aberration. *Omnia migrant.*

Autre question : s'agit-il d'une information

recueillie auprès de voyageurs croisés dans ces régions, des marchands de Guangxi ou du Tonkin qui, vilaine habitude, prenaient plaisir à raconter comment ils avaient rendu service à ces jeunes montagnardes ? Ou d'un épisode vécu présenté avec la nécessaire distance d'un homme issu d'une famille respectable dans une cité couverte d'églises ? La remarque sur « nos jeunes gentilshommes », qui sonne comme un aveu, fait pencher la balance du côté de l'expérience, d'autant plus que Marco revient à plusieurs reprises sur les bonnes fortunes qui se proposent aux voyageurs dans ces lieux retirés que la pensée de maître Confucius n'a pas touchés.

Après cet intermède, le missionné Marco poursuit sa route vers le Yunnan en se plaignant des habitants. Il les trouve voleurs et n'apprécie pas l'usage qu'ils font de leurs pouvoirs magiques : « art diabolique » qui leur permet de déclencher à loisir tempêtes, éclairs, tonnerre. Marco déplore le fait sans le mettre en doute. C'est un trait constant chez lui : il croit aux « enchantements » et « merveilles » tout en condamnant ceux qui en usent. L'homme du Moyen Âge croit en Dieu et au Diable. Ces idolâtres qui ignorent le vrai Dieu entretiennent néanmoins des liens avec les forces qui régissent les lois naturelles et les pulsions du psychisme.

Et voici qu'à nouveau, sans crainte de nous lasser (mais il nous lasse), il nous parle de maris qui offrent leurs épouses aux voyageurs. Nous y revenons par fidélité à son récit ; surtout pour noter un épilogue qui ne manque pas d'humour. Les marchands qui ont, à la demande du mari absent, pratiqué des ébats avec leur épouse donnent en souvenir à la femme un morceau d'étoffe ou un objet de « faible valeur » (Marco connaît le prix de chaque chose). Quand le mari revient, le marchand de passage monte sur son cheval et s'éloigne. Alors, le mari et l'épouse s'amusent à lui crier :

— Où vas-tu, toi là-bas ? Montre un peu ce que tu emportes de chez nous ! Eh ! Fais voir, ô minable, ce que tu nous as gagné ! Regarde un peu ce que tu as oublié chez nous !

Et ils montrent le coupon qu'ils tiennent de lui.

— Nous avons ça qui est à toi, ô imbécile, et toi, tu n'as rien de rien !

Je laisse à d'autres le soin de démêler la part de prostitution, la part de rite propitiatoire.

Le voyageur traverse ensuite le haut cours du fleuve Bleu puis pénètre dans la partie nord du Yunnan conquise en 1253 par Koubilaï.

Il arrive enfin à Kunming dont les habitants sont musulmans et « idolâtres » avec une minorité de nestoriens. Leur monnaie est constituée de coquillages ; ils ont un lac avec une grande quantité de poissons ; ils mangent crue la chair des volailles, des moutons, des bœufs et des buffles en l'assaisonnant de sel et de sauce à l'ail.

Il poursuit vers le sud. Il décrit des alligators qu'il traite de grosses couleuvres. Une fois tués grâce à d'astucieux pièges, les chasseurs extraient de leur ventre un fiel qui possède une grande valeur car on en fait une médecine apte à guérir un furoncle, une morsure de chien, ou à aider une femme au cours de l'accouchement.

Avant que le Grand Khan ne les eût conquis, il existait une coutume, certes condamnable mais dont la valeur symbolique est riche d'enseignement : si « un homme de bon aloi et de bon air, ou autre qui portât bonne ombre » venait à loger chez un habitant de cette contrée, il était tué, non pour être volé, mais pour que l'âme du noble étranger, liée à la qualité de son ombre, restât en leur maison et leur apportât des bienfaits.

Il approche de la frontière birmane dans une région où les hommes ont pour principales occupations de combattre et de chasser, laissant les autres tâches aux femmes et aux esclaves. Rien de bien neuf, hélas, fors ceci : après que leur épouse a accouché, le mari se met au lit avec l'enfant, y reste quarante jours, sans se lever. Les passants, les amis, viennent le voir, devisent avec lui, font la fête. Les ethnologues qui ont observé ce transfert le nomment la *couvade*. La valeur symbolique de cette coutume semble claire : l'homme, exclu de la gestation, participe au rééquilibrage des énergies en gardant le nouveau-né avec lui et en prenant dans le lit la place que la femme avait occupée. Bien sûr cette explication n'est pas donnée par le voyageur médiéval dont l'esprit n'a pas été formé à ce genre de décryptage devenu, pour nous, moisson régulière.

Notre époque a-t-elle avancé sur la voie de la connaissance en démontant les mécanismes psychiques ? Parfois, souvent, l'analyse tue la force du fait brut. On devrait se souvenir que chaque nouvelle lumière affaiblit les précédentes. Sortons de ce chassé-croisé et notons à nouveau que la relation de cette pratique alors inconnue est une nouvelle preuve de la réalité du voyage. Dès le départ, nous savions que certaines régions décrites n'ont pas été visitées. S'il reste quelques doutes pour quelques passages, le bon sens aidé de l'habitude prise de voyager avec le Vénitien nous permettent de ne pas avoir trop d'hésitation dans le partage entre le vécu et le rapporté de seconde main. Je laisse de côté les passages guère plausibles ainsi que les arrivées répétitives dans des villes qui se ressemblent.

Voici à nouveau une description au parfum authentique. Il s'agit d'un rituel de guérison de type chamanique au cours duquel le magicien découvre quel « esprit » a causé la maladie. Car la maladie provient d'un esprit offensé qu'il faut amadouer par une cérémonie suivie de transes après l'avoir identifié. La pratique réussit souvent, mais pas toujours, souligne Marco Polo qui n'a pas bridé sa lucidité. Des rituels proches de ceux-là sont encore pratiqués de nos jours en Birmanie, par exemple, où le culte des Nats cohabite avec le bouddhisme des Anciens (theravâda).

Alors que Marco Polo s'embarque justement

vers la Birmanie en descendant le cours de l'Irrawaddy, nous constatons que, de Pékin aux confins du Yunnan, il a traversé la Chine actuelle à la vitesse de deux saisons.

Marco Polo, qui excelle dans l'observation des productions, de l'état des marchés, des tarifs, des flux commerciaux et qui sait noter, parmi les coutumes des peuples rencontrés, celles qui l'ont marqué, ou sont susceptibles d'attiser la curiosité de son lecteur, laisse de côté bien des informations que nous aurions aimé avoir selon nos goûts personnels, ou ceux de notre époque quand ceux-ci ne se confondent pas avec ceux-là. Ainsi des rituels religieux, de l'éducation des enfants, des lignages, du choix du conjoint ou, sur un plan plus général, de la conception du temps et du sens à donner à la vie. Pas plus qu'un portrait ne montre tous les visages d'un être, un récit de voyage n'éclaire les facettes multiples de la réalité.

À plusieurs reprises, Marco Polo évoque des batailles, notamment celles concernant la lignée du prêtre Jean. Comme il n'a probablement été le témoin d'aucune, il rapporte des récits recueillis qui sont transcrits pour flatter le goût du lecteur amateur d'épopées. Ces relations sont laborieuses et n'entrent pas dans notre dessein d'esquisser un portrait de Marco Polo, de sa psychologie, de son imaginaire, situés en relation avec son époque. Voici cependant le récit d'une bataille sélectionnée pour sa singularité.

Dans son souci d'agrandir son empire, Koubilaï Khan envoya en 1277-1278 vers la Birmanie une puissante armée commandée par Nasireddin qui fut inspecteur général du Yunnan. Face à cette armée de douze mille cavaliers, les rois de Birmanie qui voulaient défendre leurs royaumes rassemblèrent soixante mille hommes à cheval, des fantassins et deux mille éléphants surmontés d'une tour en bois contenant douze archers, parfois seize ou plus. (Ne pas croire tous ces chiffres.) Quelle astuce trouver pour l'emporter sur la force ? Nasireddin déploie ses troupes dans une plaine adossée à une forêt couverte de grands arbres. Quand les éléphants chargent, les chevaux des Mongols s'enfuient vers le bois. Les cavaliers en descendent, attachent leurs montures à des arbres puis sortent du bois pour arroser les éléphants de flèches envoyées de telle sorte que, prenant peur, les éléphants se dirigent vers la forêt. Dès les premiers arbres, les archers birmans juchés sur eux sont précipités à terre. Profitant du désordre, les Mongols reprennent leurs chevaux afin d'enfoncer les lignes ennemies. On sait que le Mongol est né sur son cheval, qu'il fait corps avec lui et pratique avec la plus grande agilité l'art de la rapidité et de la surprise.

Il suffirait ensuite de poursuivre vers le sud pour arriver à Pagan, une des plus enthousiasmantes cités d'Asie, alors capitale d'un royaume de Birmanie. Bien que Marco Polo évoque deux tours, certainement des stoupas, l'une en or, l'autre en argent, érigées par un roi pieux qui voulut que son tombeau fût situé entre ces tours, il est probable que Marco Polo n'alla pas jusqu'à Pagan. Découvrir une ville qui avait été couverte de milliers de stoupas et de temples, et ne parler que de tours ! Il est vrai que les expéditions des Mongols avaient en partie détruit la ville. Mais alors, il aurait fallu décrire les joyaux en lambeaux dans ce coude miraculeux de l'Irrawaddy. Une de ses remarques, cependant, peut retenir notre attention. Elle a dû lui être rapportée à la cour du Grand Mongol ; elle correspond à l'image que le monarque voulait donner de lui. Lorsque les troupes de Koubilaï eurent conquis Pagan et qu'elles virent ces tours, leurs chefs envoyèrent un message à l'empereur pour lui demander s'il voulait qu'ils les détruisent afin de lui donner l'or et l'argent qui les recouvraient. Il refusa tout net. Elles avaient été construites pour le repos de l'âme du roi, un acte sacré pour Koubilaï. Nul Mongol ne saurait toucher « chose d'homme décédé, ni autre chose touchée de la foudre, du tonnerre ou de la peste, car ce peut être advenu par divin jugement ». Très respectable, très conforme à la mentalité chamanique, mais après le passage des Mongols, Pagan ne se relèvera pas…

Marco nous a donc abusés en nous cachant les flammes et les cendres. Emporté par son admiration qui s'appuie sur sa fidélité, il ne nous montre qu'un visage des Mongols, et c'est par là qu'il n'atteint pas la puissance des grands créateurs dont l'art consiste à saisir le réel sous toutes ses facettes.

Pour le trajet de retour à Kambaluc, à partir de Kunming, Marco Polo emprunte une route plus à l'est qu'à l'aller. Il longe alors le fleuve Bleu (Noir) qui traverse une région si infestée de lions (il les nomme ainsi mais ce sont plutôt des tigres) que les habitants doivent s'enfermer dans leurs maisons pour dormir. Quant à ceux qui naviguent avec des marchandises sur cette artère vitale de la Chine du Sud, ils ont intérêt la nuit à jeter l'ancre au milieu du large fleuve. S'ils restent près de la terre, les tigres sautent à l'eau, nagent, les attrapent, retournent au rivage, s'en délectent.

Missions en Chine du Sud

Si jusqu'à maintenant, avec l'aide des historiens fiables, le *Devisement du monde* nous a permis de suivre le voyage de Marco Polo étape par étape, il se trouve que le récit qui aurait dû nous conduire à la cour du Grand Mongol pour un compte rendu nous entraîne dans de nombreuses villes de Chine visitées ultérieurement.

Nous tenons la certitude que le compte rendu a été apprécié par Sa Majesté. Autrement, pourquoi toutes ces missions en Chine, Indonésie, dans les Indes ou à Ceylan ?

La confiance de l'empereur est une certitude ; les questions qui subsistent concernent la nature des missions et le degré de responsabilité du ou des Vénitiens. Si le récit est centré sur Marco, nous ne pouvons pas imaginer Nicolo et Matteo se tourner les pouces à Kambaluc pendant toute cette période. Il faut donc admettre que parfois « Marco » veut dire trois personnes. Ce n'est pas une énigme théologique, c'est le résultat d'un procédé littéraire.

Donc, après une certaine logique dans le déroulement de l'itinéraire, nous avons maintenant un texte qui pratique des zigzags avec le temps. Impossible de reconstituer une chronologie des missions et séjours accomplis au cours des seize années passées au sein de l'empire. Il faut l'accepter en se souvenant que les récits du Moyen Âge, ainsi que la peinture, pratiquent une appréhension globale du temps. L'ayant admis, il nous est plus facile de glaner çà et là des épisodes ou remarques qui nous éclairent sur la Chine à l'époque des Yuan ainsi que sur le regard du Vénitien.

Rappelons — avec le souhait que cette répétition ne lassera pas — que le *Devisement* sera dicté un quart de siècle après la première tournée en Chine, et qu'il n'est pas un reportage ; plutôt le récit d'un écrivain-voyageur, si l'on me permet cet incongru anachronisme, c'est-à-dire un ouvrage recomposé selon des harmoniques.

Qu'on s'en enchante ou le déplore, les relations avec les sexes, leurs différentes déclinaisons sont un ingrédient de la séduction et font partie d'une catégorie que l'on peut nommer d'un mot savant et rassurant : les universaux. Après nous avoir alertés, non sans malice, sur des coutumes peu orthodoxes, voici que le jeune Vénitien plein de fougue et de curiosité nous signale qu'il admire (enfin !) la pureté, la vertu et la modestie des filles de la Chine du Sud :

> [Elles ne dansent pas], ne font pas de fredaines, ne se mettent point en colère, ne restent point collées à la fenêtre pour dévisager les passants ou pour leur montrer leur propre visage.

On peut légitimement penser que la remarque s'adresse aux Vénitiennes qui avaient poussé loin l'art du jeu subtil du je-me-cache-je-me-montre auquel les hommes se laissent (ou se laissaient ?) si facilement attraper. Il continue : quand elles sortent, elles sont accompagnées de leur mère et marchent les yeux baissés. Elles sont réservées, ne parlent que si elles sont interrogées, ne prononcent pas de paroles insensées, ne prêtent aucune attention aux soupirants. Pour faire bonne mesure, Marco ajoute que les garçons sont de même facture : ils ne parlent devant leurs aînés que s'ils sont interrogés. Où l'on voit que cela valait vraiment la peine de parcourir le monde pour découvrir de telles vertus...

L'on apprend ensuite combien la virginité de la future épousée est une affaire de première importance. La vérification est peu élégante. Sa mère, ses parentes ou celles de son futur époux la soumettent à une épreuve avec un œuf ou du lin blanc sur laquelle la pudeur empêche de s'étendre. Passons à un autre constat : la virginité des Chinoises méridionales est si précieuse que pour la protéger elles marchent à petits pas afin de maintenir le plus fermé possible ce lieu sacré qui doit le rester. Rien de tel chez les rudes Mongoles qui chevauchent avec les hommes sans se soucier de ces délicatesses. Ce contraste éclaire — je n'ai pas l'ambition d'en tirer une règle universelle — combien la conquête est plus naturelle à des peuples qui ont gardé des manières énergiques plutôt qu'à ceux dont le raffinement devient un frein. Il n'a fallu que quelques années aux cavaliers mongols pour conquérir les deux parties de la Chine des Song.

Plus tôt, la cavalerie d'Alexandre le Grand avait abattu la plus puissante armée de l'époque, celle de l'empire de Darius, qui s'étendait de l'Indus à la Méditerranée. Plus tard, nos soldats de l'An II viendront facilement à bout de troupes trop poudrées. Ainsi va l'histoire.

Autre coutume de la Chine du Sud observée par Marco Polo : des vingt-quatre idoles vénérées, chacune possède un pouvoir particulier. Deux d'entre elles, qui ont la forme de deux petites statues de bois qui ressemblent à des garçons d'une douzaine d'années décorés de superbes ornements, permettent de retrouver les choses perdues ou volées. Une vieille femme demeure en permanence en leur temple. À la demande, elle interroge les idoles qui indiquent le lieu où se trouvent les choses perdues ou nomment le coupable en cas de vol. Celui-ci est alors sommé de rendre le larcin. S'il refuse, le Ciel se venge : le voleur se coupe, se casse une jambe, tombe dans le feu… Une fois l'objet retrouvé, la coutume veut que l'on offre un cadeau aux idoles. Il est à nouveau plaisant de constater combien le voyageur vénitien est partagé entre croyance et résistance :

Et moi, Marco, j'ai retrouvé de cette manière un certain anneau qui s'était perdu. Mais n'imaginez surtout pas que je leur aie fait offrande ou hommage !

Ou il nous abuse, ou il a abusé des idoles.

Après l'évocation rapide et de peu d'intérêt de Jianing, Xuzhou, Peixian, Huaian, Baoying sur le Grand Canal, Gaoyou, Taizhou, Haian, voici enfin Yangzhou. C'est dans cette « noble et grande cité » que, selon le *Devisement*, Marco Polo « eut seigneurerie pendant trois ans, en lieu et place d'un desdits barons par l'ordre du Grand Can ». Cette question, évoquée bien vite, est des plus épineuses. L'absence de précision et de traces dans les archives mongoles sont de solides arguments pour ceux qui pensent que Marco Polo s'est donné une importance qu'il n'a pas eue. La position de bon sens, qui est celle de nombreux érudits, est de supposer qu'il n'a pas été gouverneur de Yangzhou, mais directeur de l'administration du sel dans cette région qui était la plus riche en sel de tout l'empire. Certes, la puissance poétique du sel est assez mince au regard du fait d'être seigneur d'une resplendissante ville de Chine quand on est de Venise. Une précision : si le sel ne nous fait pas rêver, il avait à l'époque une importance considérable pour le goût et la conservation des aliments, une sorte de pétrole blanc ; d'autre part, la production du sel était une des principales activités de Venise. On voit bien Marco apprendre sur place les règles de production et de commercialisation du sel. Il est très possible également qu'il ait été chargé de vérifier les comptes de la ville. Quand Marco parle des livres de comptes des différentes cités, il le fait avec compétence. L'empereur savait qu'il n'était pas du genre à se laisser embobiner. S'il avait vraiment été seigneur « pendant trois ans », il nous aurait parlé des questions administratives, politiques, militaires...

Ce qu'il y a d'agréable avec ses quelques cachotteries, c'est qu'elles sont visibles, comme celles des enfants qui n'imaginent pas combien leurs arguments nous font sourire et, par conséquent, combien il nous est facile de leur pardonner.

De retour à Venise, après avoir observé pendant vingt-quatre ans trente peuples, traversé cent épreuves, avoir secondé un empereur, suscité des jalousies, évité des coups bas, il n'est devenu ni sceptique ni blasé. Cette fraîcheur, qui n'est pas exempte de naïveté, a sûrement séduit Koubilaï Khan qui l'avait jamais chassée de son âme, si tant est qu'il l'eût connue.

Plusieurs questions restent en suspens sur ce long séjour. Où logeait-il ? Quelles furent ses difficultés, ses amitiés, ses hostilités ? A-t-il enfin appris le chinois ? L'a-t-il pratiqué galamment ? Était-il avec son père et son oncle ? Pourquoi ne sont-ils plus évoqués alors qu'ils sont restés en Chine avec lui ? S'est-il ennuyé ? A-t-il été humilié de n'avoir pas eu plus de responsabilités ? Pourquoi ne s'est-il pas préoccupé de la suspicion légitime que ferait naître dans l'esprit du lecteur l'absence de précisions ?

Hypothèse fondée sur la plus élémentaire psychologie. De retour à Venise, pressé de questions sur ses activités, Marco Polo lance un soir de fête qu'il a été gouverneur d'une province de la Chine. Prisonnier de cette vantardise, il ne veut se rétracter, mais glisse, comme on tourne la tête quand on se sent gêné. Aurait-il pu imaginer combien cette question allait brouiller son image et rejaillir sur d'autres sujets où sa bonne foi ne saurait être mise en doute ?

Yangzhou est admirablement située sur le Grand Canal, au nord-est de Nankin, non loin du fleuve Jaune. Son monopole sur le sel avait fait sa fortune mais son activité commerciale avait décliné avec la chute de la dynastie Song et la baisse de fréquentation du canal. Elle possède de beaux jardins avec des maisons de thé. Selon les goûts ou les jours, il y fait bon lire de la poésie ou étudier le cours du sel. Elle est également connue pour avoir donné naissance à la fin du XVIIe siècle à l'école des « Huit Excentriques », un groupe de peintres et de calligraphes habités par un élan créateur hors des normes rigides qui régissaient les arts. Plutôt que d'imiter leurs prédécesseurs, ils cherchaient l'inspiration dans l'observation de la nature. L'un d'eux, Zheng Xie (1693-1765), aimait passer des heures à admirer des bambous afin de saisir la poésie de leurs formes changeantes.

Si, de son séjour à Yangzhou, Marco Polo a gardé pour lui les méandres politiques et économiques, la subtilité inquiète des poètes et des artistes, il ne manque pas de vanter les mérites de Suzhou dont les jardins, jadis réservés à une élite, sont aujourd'hui la proie du virus du tourisme qui étiole leurs parfums tout en préservant leur décor. Pas un mot, pas une émotion du Vénitien devant ces œuvres d'un art vivant, ces jardins qui possèdent des noms suggestifs : jardin de l'Harmonie, jardin du Maître des Filets, jardin du Pavillon des Vagues, jardin de l'Humble Administrateur, jardin du Couple Retraité... Marco Polo reste dans sa ligne en signalant que les habitants sont « sages marchands », la suprême qualité ; également :

> Subtils hommes de tous arts, et aussi très grands philosophes et grands mires [médecins] naturels, qui savent fort bien la nature, reconnaissent maladies et donnent remèdes qu'on leur doit.

Où l'on voit à nouveau combien son attention est retenue par les capacités marchandes ou médicales tandis qu'il reste indifférent à la musique, la danse, la peinture, la calligraphie... De l'architecture, il retient les palais et les ponts, une manière de soutenir l'attention des Vénitiens, voire de chatouiller leur fierté. Il signale que la ville possède six mille ponts de pierre « sous lesquels une galère ou deux pourraient bien passer ».

L'heure est venue maintenant de visiter la ville qui a le plus impressionné Marco Polo.

La description de Hangzhou a donné des arguments à ceux qui l'ont accusé de toujours exagérer. Dans ce cas, l'opulence n'est pas une caricature. Ancienne capitale des Song du Sud, Hangzhou mérite l'engouement qu'il manifeste. Les informations qu'il a recueillies lui ont semblé si importantes et étonnantes qu'il prend le soin de nous signaler qu'il les a conservées dans un petit carnet. On peut à cette occasion se demander s'il n'est pas revenu avec un certain nombre de carnets, ce qui expliquerait les précisions qu'il fournit à plusieurs reprises. Dorment-ils quelque part ?

Suggestion pour un romancier : à la suite d'une longue enquête, un savant retrouve ces carnets dans un grenier de Gênes ou de Venise. Ils sont écrits en vénitien, parfois en mongol, en turc ou, sur les sujets les plus délicats, écrit en une langue que Marco Polo a inventée. Les ordinateurs tournent, la langue est déchiffrée et l'on découvre que… (à suivre).

Hangzhou bénéficie d'une situation exceptionnelle. Pour Marco Polo qui s'y est rendu « bien des fois », elle est :

> La plus grande ville qu'on puisse trouver au monde, et l'on y peut goûter tant de plaisir que l'homme s'imagine être au Paradis.

Elle s'étend dans une région fertile au sud-ouest de l'actuelle Shanghai. Un fleuve la traverse en maints petits et grands canaux qui emportent les immondices avant de se jeter dans un grand lac qui la double d'un miroir, réserve de vie et de rêves. Sa richesse et son raffinement l'ont préservée des destructions au moment où elle est tombée sous la férule des Mongols. Marco Polo apprit qu'il y avait un million six cent mille maisons (certainement exagéré) et seulement une église nestorienne, ce qui est bien peu, mais il faut souligner que le christianisme s'était développé dans le Nord et l'Est de l'empire, non au sud.

Il note cette fois l'existence de douze mille ponts, pour la plupart bâtis en pierre, et une rue centrale qui traverse la ville, large de quarante pas, longée par un canal le long duquel sont bâtis des entrepôts de marchandises qui proviennent de l'Inde et de toutes parts. Non loin, voici de grandes places où des marchés ont lieu trois fois par semaine et reçoivent « quarante ou cinquante mille personnes ». Viandes, poissons, fruits, légumes... abondent. Autour de la place, des marchands d'épices, de joyaux, de perles, de vin, de riz... De chaque côté des rues principales, des palais entourés de jardins et, près d'eux, les maisons des artisans. Plus loin, des médecins et des astrologues * qui enseignent aussi à lire et à écrire.

On a coutume de penser que Marco Polo ne parlait pas le chinois. C'est possible même si nous ne possédons aucun indice dans un sens ou dans un autre. Je penche pour une connaissance du chinois parlé dans le sud (à Yangzhou, Suzhou, Hangzhou...), mais il ne lisait probablement pas les idéogrammes qu'il n'évoque jamais.

La maîtrise de cette écriture, une des plus géniales de toutes, suscite un tel plaisir de l'intelligence et des sens qu'il semble difficile de le celer même si le

* L'excellent Philippe Ménard (*Marco Polo à la découverte de l'Asie*) pense que les astrologues sont des chamanes.

fait ne parle pas aux Vénitiens. Comment ne pas comprendre que, pour la première fois, il était en présence d'une écriture idéographique ?

Aucune curiosité ne l'aurait donc poussé vers ces « astrologues » qui enseignaient à poser sur le papier les choses, non les sons ? Plus que les pieds martyrisés des femmes, cette manière de concevoir le rapport à la pensée, à son expression écrite, caractérise la culture chinoise.

Guillaume de Rubrouck eut sur ce point l'esprit plus observateur. Il fut probablement le premier à signaler l'art de la calligraphie. On peut lire dans son *Voyage dans l'Empire mongol* :

> Les habitants du Catai écrivent avec un pinceau comme en utilisent les peintres, et ils forment en une seule figure toutes les lettres d'un même mot[1].

Combien les lacunes du *Devisement* sont agaçantes ! Censure de Rustichello de Pise ? Près de quatre siècles plus tard, les récits des Jésuites en Chine sont autrement plus riches sur la culture chinoise. Versons encore une fois des larmes sur l'absence de ces « cent lettrés » qui auraient dû l'accompagner.

Si l'écriture n'est qu'un outil pratique, qu'en est-il de ces « astrologues » que Marco Polo a rencontrés si souvent et qui n'ont cessé de l'intéresser ? Leur rôle est primordial. Dès l'arrivée d'un enfant, les parents notent l'heure et la minute de sa naissance afin que l'astrologue détermine la carte de son ciel ; il la consultera dans les circonstances importantes de sa vie. Ainsi, par exemple, aucun projet de mariage ne serait possible si les thèmes des fiancés ne s'harmonisaient pas. Il en est encore ainsi aujourd'hui en Inde, dans de nombreux pays et même au sein des sociétés dites évoluées, formule qui ne veut rien dire, sauf à considérer qu'une société urbaine est par nature « évoluée ».

Pour la description du palais de l'ex-roi Facfur qui avait régné sur la Chine du Sud (le Magi) avant de s'enfuir devant l'invasion des Mongols, nous retrouvons la chanson connue : « C'est le plus beau et le plus noble qui soit au monde. » Il est entouré d'une muraille de dix milles de tour (15 kilomètres), possède des jardins, des fontaines, plusieurs lacs. À l'intérieur, vingt salles dont les murs et les plafonds sont décorés de peinture et d'or. Il contient mille chambres, dit Marco.

Avec le commerce, les palais, les fêtes, surtout les canaux et les ponts, nous retrouvons, à l'autre bout du monde, une Venise en plus grand sans être pour autant plus magique. Quand on y est né, ou quand on a vécu avec une certaine intensité les rues, les places, les reflets, les ponts, les surprises, il est normal qu'elle nous accompagne partout, comme nous suit, en surface ou dans l'inconscient, le visage du premier amour. Le moment est propice de découvrir ou relire deux pages saisissantes d'Italo Calvino extraites de *Villes invisibles* :

— T'est-il jamais arrivé de voir une ville qui ressemble à celle-ci ? demandait Kublai à Marco Polo.

Et il avançait sa main baguée hors du baldaquin de soie du

bucentaure impérial, et il montrait les ponts arqués par-dessus les canaux, les palais princiers dont les seuils de marbre baignaient dans l'eau, le va-et-vient des bateaux légers qui voltigeaient en zigzag sous la poussée de longues rames, les chalands qui déchargeaient les corbeilles de légumes sur les places des marchés, les balcons, les terrasses, les coupoles, les campaniles, les jardins dans les îles qui verdoyaient sur le gris de la lagune.

L'empereur, accompagné de son dignitaire étranger, visitait Hangschow, antique capitale de dynasties détrônées, dernière perle enchâssée dans la couronne du Grand Khan.

— Non, sire, répondit Marco, je n'aurais jamais imaginé qu'il puisse exister une ville semblable à celle-ci.

L'empereur voulut le regarder dans les yeux. L'étranger abaissa son regard. Kublai resta silencieux toute la journée.

Après le coucher du soleil, sur les terrasses du palais royal, Marco Polo exposait au souverain le résultat de ses ambassades. Habituellement, le Grand Khan terminait ses soirées en savourant, les yeux mi-clos, ces récits jusqu'à ce que son premier bâillement donnât à la suite des pages le signal d'allumer les torches pour conduire le souverain au pavillon de l'Auguste Sommeil. Mais cette fois Kublai ne paraissait pas décidé à céder à la fatigue.

— Parle-moi d'une autre ville encore, insistait-il.

— ... De là l'homme s'en va et chevauche trois jours entre le nord-est et le levant...

Marco recommença à parler et à énumérer les noms et les coutumes et les commerces d'un grand nombre de terres. Son répertoire pouvait être dit inépuisable, mais ce coup-ci ce fut à lui de se rendre. C'était l'aube quand il dit :

— Sire, désormais je t'ai parlé de toutes les villes que je connais.

— Il en reste une dont tu ne parles jamais.

Marco Polo baissa la tête.

— Venise, dit le Khan.

Marco sourit.

— Chaque fois que je fais la description d'une ville, je dis quelque chose de Venise.

— Quand je t'interroge sur d'autres villes, je veux t'entendre parler d'elles. Et de Venise, quand je t'interroge sur Venise.

— Pour distinguer les qualités des autres, je dois partir d'une première ville qui reste implicite. Pour moi, c'est Venise.

— Alors tu devrais commencer tous tes récits de voyage par leur point de départ, en décrivant Venise telle qu'elle est, et tout entière, sans rien omettre de ce que tu te rappelles.

L'eau du lac frisait tout juste ; le reflet des branches de l'antique cour des Song se brisait en réverbérations qui scintillaient, comme des feuilles flottantes.

— Les images de la mémoire, une fois fixées par les paroles, s'effacent, constata Polo. Peut-être, Venise, ai-je peur de la perdre toute en une fois, si j'en parle. Ou peut-être, parlant d'autres villes, l'ai-je déjà perdue, peu à peu[2].

Ne voulant pas abîmer ce texte, je laisse à de savantissimes connaisseurs de la psyché le soin de le décortiquer. Un mot seulement : quel autre écrivain a-t-il, en si peu de phrases, mieux illustré les puissances de la subjectivité et l'emprise de la mémoire ?

Ayant convié Venise, il devient naturel d'évoquer une communauté qui, depuis l'origine des temps, parfois d'une manière sordide, parfois avec un art du modelé qui la rapproche des grands créateurs, est experte dans la connaissance des hommes et le maniement de leurs fantasmes :

Dans d'autres rues sont stationnées des courtisanes, qui sont en si grand nombre que je ne l'ose dire ; et cela non seulement près des places où des stations leur sont ordinairement assignées, mais aussi dans toute la cité. Elles se tiennent fort somptueusement, avec de grands parfums et de nombreuses servantes, et leurs maisons sont toutes décorées. Ces femmes sont fort habiles et expérimentées pour flatter et pour enjôler par des paroles aisées et adaptées à chaque genre de personne : les étrangers qui ont pris une fois leurs ébats avec elles en demeurent comme hors d'eux-mêmes et sont tellement pris par leur douceur et par leur charme qu'ils ne peuvent les oublier jamais. De là vient qu'une fois rentrés chez eux, ils racontent qu'ils ont été à Quinsai [Hangzhou], c'est-à-dire la Cité du Ciel, et n'attendent que l'heure où ils y pourront retourner.

Une telle ville demande un soin attentif sur le plan de la sécurité, particulièrement vis-à-vis du feu prompt à se propager à cause des maisons en bois. Six mille gardes protègent la ville du feu jour et nuit. Plusieurs tours ont été érigées sur des collines. Dès que les flammes apparaissent, les guetteurs sur les tours tapent sur des planches de bois avec de gros maillets pour alerter les pompiers qui se précipitent vers le lieu du sinistre. Leur rôle est de l'éteindre et de sauver les biens de la maison en les portant vers des tours sécurisées ou sur les îles du lac.

Conquise par des étrangers venus des steppes, combien frustes à côté du raffinement des Chinois qui, un siècle plus tard finiront par les chasser, l'ancienne Chine des Song se doit d'être gardée par des troupes mongoles ou des soldats fiables ralliés aux nouveaux maîtres. Chaque pont était protégé par dix hommes. Ceux qui ne respectaient pas le couvre-feu étaient aussitôt punis. Sur les maisons des bourgeois, les noms du propriétaire, de sa femme, de ses fils, des femmes de ses fils, ainsi que de ses serviteurs et esclaves devaient être inscrits.

Même vigilance à l'extérieur de Hangzhou. Les villes qui en dépendaient étaient surveillées par des garnisons d'au moins mille hommes. Les Mongols savaient que les populations dont ils avaient conquis le pays leur demeuraient hostiles. S'il advenait qu'une cité se rebellât, elle était aussitôt détruite par les troupes des cités voisines au service des Mongols. L'essentiel des revenus prélevés au nom du Grand Khan servait à entretenir ces mercenaires.

Marco Polo qui, en général, ne s'intéresse pas particulièrement aux coutumes mortuaires donne pour une fois des détails sur les usages en Chine du Sud. Devant le bûcher de crémation d'un homme riche, les membres de sa famille, après avoir chanté les prières adéquates, fabriquent, avec du papier, des chevaux, chameaux, esclaves, hommes et femmes, habits d'or et de soie, monnaie d'or et d'argent. Tous ces doubles de la réalité sont jetés dans un grand feu avec le corps du mort afin qu'il les retrouve en l'autre monde où commence aussitôt une nouvelle vie. Cette croyance semble si ancrée que les habitants de ces régions ne craignent pas la mort ; il arrive même qu'ils se la donnent avec l'espoir d'être honorés lors de leurs obsèques et ainsi, par un jeu de correspondances, de l'être également de l'autre côté. Où l'on retrouve un des universaux des mentalités : le lien indéfectible entre l'ici-bas et l'au-delà. De l'un vers l'autre : le symbole.

Après ces descriptions d'or, de chair et de cendre,

nous apprenons un fait capital : à plusieurs reprises, le Grand Khan a demandé à Marco Polo de venir étudier les comptes des revenus annuels que la ville devait lui verser. Il énumère les pourcentages des taxes sur les productions, les importations et les exportations. C'est le sel qui rapporte le plus. La soie est également très rentable. Les taxes d'importation de marchandises venues des Indes, par exemple, sont de dix pour cent de leur valeur. Nous avons la confirmation qu'en plus de son rôle d'informateur sur la situation d'une région, le Vénitien (jeune puis moins jeune) remplissait avec honnêteté un rôle économique.

Il est amusant de constater qu'André Malraux s'est intéressé à la description d'Hangzhou faite par Marco Polo. Il l'évoque dans le *Démon de l'Absolu* pour critiquer le prosaïsme de ses remarques :

> Marco Polo arrivant à Hang-Tchéou qui était à peu près ce que serait aujourd'hui New York aux yeux d'un commerçant, ne la regarde pas avec d'autres yeux. Il est beaucoup moins ému, lui, le premier homme blanc qui ait vu la capitale des Sung qu'un de nos touristes devant le Palais impérial de Pékin [3].

Ailleurs cependant, dans *La Métamorphose des dieux*, Malraux lance une remarque qui s'adapte à merveille à la relation que Marco Polo entretient avec le surnaturel de sa foi chrétienne, comme nous l'avons vu, par exemple, avec l'Arche de Noé ou les Rois mages, comme nous le découvrirons avec Adam :

Lorsque « les lumières » feront du surnaturel une province de l'imaginaire, le Moyen Âge deviendra l'époque de l'imaginaire. Mais il ne connaît le surnaturel que comme réalité[4].

À Fuzhou, bâtie à côté d'un port où arrivent des marchandises de l'Inde, Marco Polo est intervenu pour une cause qui n'a pas pu laisser indifférents les lecteurs du *Devisement*. Avec son oncle Matteo (que faisait son père pendant ce temps ?), il avait rencontré un sage musulman qui les avait conduits auprès de personnes qui pratiquaient une religion inconnue. Ils n'étaient pas idolâtres (bouddhistes ou taoïstes), n'ayant pas d'idoles ; n'adoraient pas le feu (zoroastriens) ; ne connaissaient pas Mahomet et ne semblaient pas non plus chrétiens. Les deux Polo commencèrent à les interroger et à les examiner, mais ils se montraient méfiants ; ils craignaient que ces étrangers ne fussent envoyés par le Grand Sire et qu'il en résultât un malheur pour eux. Les Polo les rencontrèrent à plusieurs reprises pour les amadouer et finir par constater qu'ils devaient être chrétiens. Une fois traduit, un de leur livre se révéla être un psautier, tandis que trois figures peintes furent reconnues comme étant trois apôtres. À la question de savoir d'où leur venait cette religion, ils répondirent qu'ils la tenaient de leurs ancêtres, qu'ils l'avaient conservée depuis sept cents ans mais que depuis longtemps nul ne la leur enseignait. À cause des « idolâtres », ils n'osaient pas affirmer leur foi ni pratiquer au grand jour leur religion.

« Nous aussi nous sommes chrétiens ! » affirmèrent Matteo et Marco qui prirent pitié de leur solitude et leur conseillèrent d'aller rencontrer le chef des chrétiens à la cour du Grand Khan afin qu'ils fussent reconnus par lui. Deux messagers s'en allèrent donc à la Cour. Le chef des chrétiens déclara devant Koubilaï qu'ils étaient effectivement chrétiens, mais le « chef des adorateurs des idoles » affirma que cela n'était pas la vérité, qu'ils avaient toujours été tenus pour idolâtres. Les deux représentants se disputèrent devant l'empereur qui se mit en colère, les fit sortir puis demanda aux envoyés s'ils voulaient être chrétiens ou idolâtres, « lesquels répondirent que s'il lui plaisait, et s'il n'était pas contraire à Sa Majesté, ils désiraient être chrétiens comme leurs ancêtres ». Ils reçurent le droit de pratiquer leur religion avec tous ceux qui suivaient cette croyance dans la Chine du Sud, c'est-à-dire plus de sept cent mille familles.

Remarques : ce sont les Polo qui ont dit à cette communauté qu'elle était chrétienne. Elle n'en savait rien ; elle suivait naturellement la croyance de ses ancêtres, comme une vérité indiscutable. La religion n'était pas choix, comme on imagine qu'elle peut l'être aujourd'hui ; elle était une coutume qu'on se faisait un devoir de perpétuer. La liberté d'interrompre une lignée n'était pas plus envisageable que de renier ses ancêtres. En cas d'hostilité venue de l'extérieur, on se défendait ou on se cachait. Les bouleversements qui secouèrent ultérieurement les contrées traversées par les Polo verront les parties non chinoises de l'Empire mongol partagées entre l'islam et le bouddhisme du vajrayâna, avec la quasi-disparition des nestoriens, des zoroastriens et des manichéens. Ne rêvons pas de choix, nous sommes devant l'implacable loi du plus fort.

Rien ne prouve que ces « gens » étaient chrétiens. Les Polo leur ont conseillé, sur des indices légers, de s'affirmer tels afin de pouvoir vivre leur coutume au grand jour. Paul Pelliot pense qu'ils devaient plutôt descendre de manichéens qui étaient encore nombreux en Chine. Le manichéisme a été considéré par certains comme une branche du christianisme en cette époque où il y avait encore du flou entre les frontières religieuses.

En fait, cet épisode n'est pas là pour nous permettre de nous interroger sur les bienfaits ou méfaits des frontières mouvantes ; l'important est le signe envoyé par Marco Polo à ses coreligionnaires : Koubilaï Khan protège les chrétiens.

Aux marges de l'empire

La drogue de la conquête avait gagné l'esprit de Koubilaï qui, par ailleurs, était un politique avisé. On a beau observer avec calme les pulsions des autres, savoir en jouer ou les déjouer, les siennes, malgré les multiples méthodes d'exploration, demeurent voilées. Après avoir soumis la merveille (richesse et culture) qu'était la Chine du Sud, puis la Birmanie, il eut des visées sur le Champa (centre et sud du Viêtnam), rêvait des Indes (Inde et Indonésie), regardait Ceylan avec convoitise et tentera deux opérations navales sur le Cipangu (Japon) protégé par l'Esprit du Vent. Marco Polo évoque ces contrées sans qu'il nous soit possible de distinguer avec certitude les récits vécus des informations qu'il a pu glaner de commerçants ou d'envoyés des Mongols. Il avoue lui-même qu'à propos de l'Inde, où il est demeuré « si longtemps et fit tant d'allées et venues », il assemble ce qu'il a vu et ce qu'il a recueilli par « ouï-dire ». D'autre part, au cours du voyage maritime du retour, il a longé les côtes de l'Annam, du Champa, de Sumatra, puis les côtes occidentales et orientales de l'Inde. On ne peut distinguer, parmi les récits des contrées réellement visitées, ceux qui proviennent de missions pour l'empereur et ceux du voyage vers la Perse quand il eut quitté définitivement la Chine. Faute de pouvoir reconstituer l'ordre authentique, nous ferons un tri entre les récits qui sonnent juste et ceux qui sentent le réchauffé.

Il ne s'est pas rendu au Japon. Ajoutées à celles des Indes et de la Chine, les richesses qu'il imagine sur l'archipel créeront un appel qui poussera les caravelles de Christophe Colomb vers le Nouveau Monde. Le martyre des Amérindiens dû en partie à l'or du Cipangu ? Le raccourci est périlleux même si l'Histoire est soumise à des additions complexes. Avec ou sans le *Devisement*, l'Europe était prête à conquérir le monde. L'influence d'une information erronée sur le cours des choses est néanmoins une constante dont la raison n'arrive pas à se défaire. Pouvoir des mots quand ils correspondent à un désir ! Sur un autre plan, on sait aussi combien une phrase, un geste, un exemple peuvent faire d'un enfant un artiste ou une victime, lui donner confiance ou l'enfermer.

Marco Polo s'est donc intéressé au Japon nommé Cipangu d'après le chinois *Je-pen-kouo*, « Pays du soleil levant », qui se dit *Nihon* en japonais, une manière de reconnaître que ce pays à l'indépendance farouche est désigné d'après sa position vis-à-vis de la Chine. Après avoir dit que les habitants « sont blancs, de belles manières et beaux », qu'ils

« sont idolâtres [shintoïstes et bouddhistes] et se gouvernent eux-mêmes, et ne sont sous la seignerie de nul autre homme, sinon d'eux-mêmes », il ajoute l'information fatidique : « Et vous dis aussi qu'ils ont or en grandissime abondance parce qu'on en trouve outre mesure en ce pays. » Il précise même, sans ironie, qu'ils ont tant d'or « qu'ils ne savent qu'en faire ». À part cela, ils ont des perles à profusion et tant d'autres richesses que nul ne pourrait les compter. On comprend que de telles informations qui circulaient à sa cour aient attisé la convoitise du Grand Mongol. Il organisa donc deux expéditions maritimes, l'une en 1274, l'autre en 1281, qui tournèrent à chaque fois à l'avantage des Japonais en partie grâce à des tempêtes qui détruisirent les flottes affrétées par les Mongols. On trouve là l'origine du mot kamikaze, *kami*, l'esprit, *kazé*, le vent. C'est cet Esprit du Vent, qui les avait sauvés au XIIIe siècle, que les Japonais invoquèrent sept siècles plus tard en envoyant des avions s'écraser sur la flotte américaine. Mais cette fois le vent de l'histoire soufflait dans l'autre sens. Les jeunes, parfois très jeunes, pilotes se sacrifièrent inutilement, deux bombes atomiques soufflèrent des milliers de vies, le Japon capitula pour la première fois de son existence avant de bâtir une puissance pacifique avec un courage exemplaire.

1284, alors que Marco Polo sert l'empereur depuis huit à neuf ans, il est à Ceylan.

Nous sommes habitués à ses superlatifs qu'il faut prendre comme on prend certains qualificatifs répétitifs dans l'*Odyssée*, une sorte de musique. Ceylan est donc la « meilleure île qu'il soit au monde pour sa grandeur ». Les hommes et les femmes y vivent nus tout en couvrant leurs « parties naturelles ». Les peintures anciennes montrent effectivement des corps mi-nus. Les habitants se nourrissent de lait, de chair et de riz, cultivent la graine de sésame pour en tirer de l'huile. Ils boivent du vin de palme. Mais la chose la plus précieuse qui soit au monde est à venir car nulle part ailleurs les rubis « ne naissent aussi bons ». Il y naît des saphirs, des topazes, des améthystes, des grenats... Surtout, le roi de ce pays possède « le plus beau et le plus gros rubis qui soit en tout le monde, ou qui fut jamais vu ou jamais se doive voir ». Cette façon d'engager à ce point l'avenir ne sonne pas juste de la part d'un voyageur qui n'a cessé d'ouvrir des portes sur des univers nouveaux lui ayant fait découvrir des merveilles supérieures à celles qu'il connaissait. Nous sommes à nouveau confrontés à l'insoluble question de la marque de Rustichello de Pise sur le récit de Marco Polo. Nous avons résisté à la tentation d'accuser Rustichello chaque fois que le bon sens était bousculé bien que nous ayons pu noter à plusieurs reprises le réalisme de Marco Polo.

Si les puissants ont besoin de « fous » capables de dire les vérités derrière les apparences, le rôle de Marco Polo n'aura pas été de cet ordre ; il est clair que le Grand Khan attendait de lui des informations précises et vérifiées, de celles qui n'ont pas besoin de superlatifs.

Sans préjuger de la taille de rubis à venir, celui du roi de Ceylan existe et suscite naturellement la convoitise de l'empereur. Il veut l'acheter. Il propose comme prix jusqu'à la valeur d'une cité. Le roi refuse. Ce rubis a appartenu à ses ancêtres, il sera transmis à ses descendants. Marco Polo fait partie de la délégation chargée de négocier l'achat du rubis, nouvelle preuve de son rôle quand il est question de commerce. Il voit le roi tenir le rubis dans sa main et se le passer « sur les yeux et sur la bouche ». Le bouddhisme, qui est la religion de Ceylan, préconise avant tout le détachement...

Marco Polo a eu de multiples occasions de rencontrer des bouddhistes, d'abord dans la tradition tibétaine (vajrayâna) au cours de son voyage en Haute Asie ou à la cour du Grand Mongol. Au Catai ou dans la Chine des Song, il a croisé, sans y prêter attention, les différentes écoles chinoises. De même en Birmanie, aurait-il pu observer des écoles théravadins. Il mêle l'ensemble sous le vocable d'idolâtres qui englobe également les taoïstes, les hindous et les pratiquants du chamanisme. Il observe, critique, s'inquiète des pouvoirs magiques ; il n'a jusqu'à maintenant pas cherché à comprendre le bouddhisme, son origine, sa doctrine, ses pratiques. C'est seulement à Ceylan qu'il prend connaissance de la vie de Shakyamuni devenu le Bouddha au ve siècle avant J.-C.

Il est alors impressionné par le récit de la vie du jeune prince qui a préféré la démarche spirituelle à la royauté. Il la raconte selon la tradition du Canon pâli en y rajoutant des éléments puisés dans les légendes populaires. Les Quatre Rencontres au sortir du palais de son père : un homme malade, un vieillard, un mort et un sage sont réduits à la mort et à la vieillesse, ce qui enlève l'essentiel : la possibilité de vaincre la souffrance (*dukkha*) par le détachement et la conscience de l'impermanence. Il ne voit ensuite dans le Bouddha qu'un ascète, oubliant les si nombreuses années d'enseignement grâce auxquelles la doctrine s'est bâtie et s'est répandue auprès des disciples qui l'ont ensuite transmise. Comment croire qu'une religion présente de l'Afghanistan au Champa en passant par le Tibet et la Chine aurait pu se développer sur le seul exemple de la vie ascétique de son fondateur ? Rappelons qu'au Moyen Âge, les chrétiens n'avaient accès au message du Christ qu'à travers l'Église.

La vie du Bouddha a si fortement frappé Marco Polo qu'il va jusqu'à écrire : « Car certes, s'il avait été baptisé chrétien, il aurait été un grand saint avec Notre Seigneur Jésus Christ. » Cependant, Marco Polo ignorait, comme l'ignorent les chrétiens d'aujourd'hui, que les vies de deux saints, maintenant oubliés : saint Josapha et saint Balaam, ont été inspirées par celle du Bouddha. Il a eu le mérite de sentir une pureté là où d'autres, plus tard comme Schopenhauer, ne verront qu'un refus de la vie. Il faudrait d'abord s'entendre sur le sens à donner au mot « vie ».

On a vu à de (trop ?) nombreuses reprises Marco Polo émoustillé par ce que l'on peut évoquer sous le doux nom des « bagatelles de la porte ». Ce goût ne l'empêche nullement d'éprouver de l'admiration pour l'ascèse, qu'elle soit alimentaire ou sexuelle. Dans l'éducation reçue à Venise, les prêtres lui ont souvent parlé des vertus ascétiques des pères du désert en Haute-Égypte.

Avec la montagne nommée le « Pic d'Adam », Ceylan détient une autre richesse particulièrement enviable, encore vénérée aujourd'hui, mais avec d'autres yeux. Le lieu où vécut le premier homme pour les juifs, les chrétiens et les musulmans suscitait à l'époque une naturelle dévotion même si, de son côté, Marco Polo se montre réticent puisque, affirme-t-il : « L'Écriture de la Sainte Église dit qu'il est en autre lieu du monde. » Bien. Mais cette question ne se pose pas pour l'homme le plus puissant de la terre. Apprenant que des dents, des cheveux et l'écuelle d'Adam étaient présents sur cette montagne, Koubilaï veut se les approprier. En 1284, il envoie au roi de Ceylan des messagers avec une importante troupe afin qu'ils reviennent avec les précieuses reliques, un bien plus facile à obtenir qu'un rubis caressant. Après avoir beaucoup dépensé, les envoyés reçoivent deux molaires qui étaient très grosses et très grandes, des cheveux et l'écuelle en très beau porphyre vert. Les reliques d'Adam furent accueillies en grande pompe à Kambaluc. L'écuelle avait la vertu de multiplier par cinq les éléments qu'on y mettait.

Même si, contrairement aux honorables érudits, notre but n'est pas de signaler les variantes entre les différentes versions du texte, il est cocasse de signaler que certains manuscrits parlent des dents, des cheveux et de l'écuelle du Bouddha, non de ceux d'Adam, information plus conforme au bon sens, d'autant plus que les Cingalais se plaisaient à croire que le Bouddha avait terminé son séjour terrestre chez eux.

Marco Polo se rendit en ambassade au Champa en 1285. Trois ans auparavant, le général mongol Sœgutu avait envahi ce royaume du sud de la péninsule indochinoise. Le roi, Indravarman XI, résista valeureusement contre les troupes cruelles qui tentaient de ruiner les plaines de son pays. Il dirigea dans les montagnes une guérilla qui finit par lui donner la victoire en 1285 avec la mise à mort du général Sœgutu. Mais le roi vieillissant qui craignait une nouvelle expédition envoya des messagers au Grand Khan pour lui proposer la paix moyennant un tribut de vingt éléphants et du bois d'aloès en grande quantité, selon les dires de Marco Polo.

Il note d'autre part que nul homme ne peut se marier au Champa s'il n'a vu auparavant la « damoiselle ». Il ne la prend que si elle lui plaît, sinon il lui donne de l'argent afin « qu'elle puisse trouver un baron selon son état ». Et, sans transition, il indique cette dernière précision sur le roi résistant du Champa : il avait trois cent vingt-six enfants des deux sexes ; parmi eux, une bonne moitié en état de porter les armes.

La clôture du périple

Voici maintenant plus de quinze ans que Marco, Matteo et Nicolo Polo sont au service du Grand Khan. Ils ont dû affronter plusieurs démons, dont le plus redoutable, celui du pouvoir. Ils ont envie de retrouver Venise. Ils sont devenus riches en pierres précieuses et en or. Ils ont visité la plupart des contrées soumises aux Mongols. Marco a exercé des responsabilités, aidé ou non de ses parents. Nicolo veut revoir sa femme qui l'attend depuis une vingtaine d'années. De son côté, Koubilaï, né en 1215, avait maintenant soixante-quinze ans. L'abus de vin et de femmes n'arrangeait pas sa santé. De plus, le moteur vital d'un conquérant est d'agrandir son territoire. À la fin des années 1280, il était surtout question de mater des révoltes, une occupation moins stimulante. Le fils qui devait lui succéder était mort. Les Vénitiens devinaient qu'en cas de décès de l'empereur, leur situation de privilégiés du régime serait menacée et que leur retour deviendrait peut-être impossible à cause des troubles qui pourraient rendre les routes impraticables après un si long règne et la cohorte de mécontents qui attendaient leur heure. Mais, malgré leur insistance, Koubilaï ne leur donnait pas l'autorisation de quitter l'empire. « Bien qu'ils fussent honorés et favoris, ils ne rêvaient à rien d'autre. » Que faire ?

Voyant un jour Koubilaï de bonne humeur, Nicolo revient à la charge. Il s'agenouille devant l'empereur, le prie de les laisser enfin partir. Ému, Koubilaï lui demande :

— Pourquoi avez-vous envie d'aller mourir sur les routes ? Dites-le-moi. Si vous avez besoin d'or, je vous en donnerai bien plus que vous n'en avez à la maison. Et pareillement pour toute autre chose que vous demanderez.

Nicolo répond qu'il n'a pas un désir d'or, mais celui de revoir sa femme tant qu'elle est en vie. Koubilaï dit qu'à « nul prix au monde » il ne les laisserait partir mais qu'ils étaient libres d'aller où bon leur semblait en son royaume.

La demande fut répétée à plusieurs reprises. La réponse ne changea pas. Marco était-il devenu indispensable ? Les Vénitiens étaient-ils en possession de secrets que les monarchies ou les commerçants d'Occident ne devaient pas connaître ? Il ne s'agissait pas en tout cas du mode de fabrication de la soie que l'Europe connaissait depuis longtemps. D'autre part, de nombreux marchands (souvent des Génois) faisaient l'aller-retour entre l'Europe et l'Asie. Les informations, les idées, les formes artistiques elles-mêmes circulaient alors dans les deux sens.

L'attention portée aux intérêts matériels comme moteur de l'histoire ne doit pas oblitérer l'aspect affectif qui n'est pas seulement la matière des historiens du passé et des dramaturges. Il semble évident que Koubilaï s'était attaché à Marco. Il l'avait connu jeune homme, avait apprécié la vivacité de son intelligence, ses connaissances, son courage ; il rencontrait maintenant un homme qui s'était montré un « vassal » exemplaire, qui connaissait les méandres de son empire, coutumes et finances, particulièrement en Chine du Sud, et qui pratiquait avec aisance l'art du récit. Les vieux monarques n'aiment pas les changements. De son côté, Marco Polo ne cesse de faire son éloge, de vanter l'organisation de l'empire, la richesse des palais et des villes. Même si depuis l'époque où son grand-père menaçait Budapest et Vienne, le jeu d'alliance avait basculé, un tel éloge n'était pas fait pour enchanter les cours européennes. La guerre contre les Sarrasins en Terre sainte justifiait-elle le portrait d'un Koubilaï en monarque éclairé ? Pas une critique sur sa cruauté, sa boulimie sexuelle, la pression fiscale, les dépenses fastueuses. On ne peut donc négliger, chez Marco, l'aspect sentimental.

Sans la rencontre de ces deux hommes que tout aurait dû opposer, la présence de trois marchands vénitiens auprès du Grand Mongol aurait été certes une aventure exceptionnelle, mais dépourvue de l'aura qui la rapproche d'une légende dorée. Après tout, Guillaume de Rubrouck, meilleur écrivain, ou Jean de Plan Carpin, ont également traversé la limite derrière laquelle Alexandre avait enfermé les hordes d'Asie. Aucun opéra n'a chanté leurs prouesses.

Si l'existence d'un lien affectif entre Marco et Koubilaï est une solide hypothèse, ce lien était-il partagé par Nicolo et Matteo ? Il ne pouvait être de même nature. De ce constat, on peut déduire que le désir de départ était plus fort chez le père et l'oncle. On peut même aller jusqu'à imaginer que l'insistance de Nicolo auprès de l'empereur n'était pas partagée par Marco. Personne ne l'attendait à Venise, en dehors de la lumière. Il aurait pu terminer sa vie en Chine comme d'autres Italiens. Mais le destin guettait sous la forme la plus inattendue, on aimerait pouvoir ajouter la plus charmante si elle n'avait été à l'origine de tant de morts.

Petit-fils d'un frère de Koubilaï, Argoum est la personne la plus importante après l'empereur dans le monde mongol. Il règne en tant qu'Ilkhan * du côté de la Perse. Avant de mourir, sa femme lui demande de ne laisser aucune femme s'asseoir sur le trône si elle n'est de sa tribu située en Catai (Chine du Nord), aux femmes réputées pour leur beauté. Il s'agit des Baya'outs dont était également issue la quatrième épouse officielle de Koubilaï.

Argoum envoie alors au Grand Khan trois messagers lui transmettre son souhait pressant. Ils sont fort bien reçus. Koubilaï veut satisfaire cette demande. Le choix tombe sur Cocasin (en réalité, Kœkœtchin, nom qui veut dire : « Celle qui est

* Un Ilkhan est un monarque vassal du Grand Khan.

bleue », sous-entendu « comme le ciel », un bon augure).

Une expédition avec une escorte est donc organisée pour que la si belle et si inquiète jeune fille soit offerte à un vieux monarque qui l'attend à des milliers de kilomètres de sa famille. La chance — du moins pour les Polo et pour nous — est aux aguets.

Vers l'occident, l'empire est devenu instable. Les combats de chefs mongols obligent la troupe et Mlle Bleue à rebrousser chemin. Or il se trouve qu'à ce moment-là Marco Polo revient d'une ambassade en Inde pour le compte de l'empereur. Il avait accompli le voyage par voie maritime en suivant les côtes de la Chine, du Viêtnam, en passant par le détroit de Malacca, en traversant l'océan Indien avant d'arriver sur la côte orientale de l'Inde. C'était un trajet qu'il avait déjà dû accomplir pour se rendre au Champa puis, plus loin, à Ceylan. Si l'on compte l'aller et le retour du long voyage compliqué par les vents de mousson et le temps passé en Inde pour sa mission, on peut considérer que la demande de Nicolo de retourner à Venise a été formulée longtemps auparavant. Notons également que l'envoi de Marco dans cette contrée qui faisait rêver l'empereur est un témoignage supplémentaire de l'importance de son rôle.

Les trois messagers d'Argoum sont très ennuyés de ne pouvoir satisfaire leur maître. Ils s'en ouvrent à Marco Polo qui évoque devant eux sa connaissance de la voie maritime et son désir (du moins celui de son père et de son oncle) de retrouver l'Occident. Les Perses retournent alors revoir Koubilaï et arrivent, compte tenu de l'importance du mariage, à le convaincre de permettre aux Polo de les guider jusque chez eux. Le destin est donc scellé :

> Le Grand Kaan, qui aimait tant ces trois Latins, leur accorda cette grâce à grande répugnance, et donna congé aux trois Latins et leur dit qu'ils allassent avec ces trois barons et cette dame.

Avant leur départ du port de Zaitoun en 1291, soit seize années après leur arrivée en Chine, Koubilaï leur donne deux tablettes d'or portant le sceau royal leur permettant de circuler en toute sécurité sur les terres de l'empire, d'y trouver de l'aide, notamment une escorte si nécessaire. Détail amusant rappelé par Alvize Zorzi[1] : une de ces tablettes de commandement qui, selon le *Devisement*, « était grande et valait bien vingt lires de gros deniers », sera la principale attraction parmi les objets que Marco Polo rapportera de son voyage. Il la montrera avec plaisir à ses visiteurs dans sa demeure de Venise.

L'empereur les charge également d'une mission pour le pape, le roi de France, le roi d'Espagne et les autres rois de la chrétienté. Il fait alors armer quatorze navires de quatre mâts chacun contenant plusieurs milliers de marins (nouvelle exagération ?). Le départ est célébré en grande pompe en présence de l'empereur qui offre aux Vénitiens de nombreux joyaux.

Trois mois plus tard, ils sont à Sumatra, que Marco Polo nomme Java. Elle est « la plus grande île qui soit au monde », caractère déjà donné à Ceylan, nouvel indice que le récit n'a pas été méticuleusement composé, qu'il est formé de morceaux susceptibles de saisir un auditoire qui aime s'émerveiller en écoutant et qui ne possède pas notre entêtement à l'égard de la cohérence.

Ils accostent sur d'autres îles de la péninsule indonésienne. Marco Polo note que dans certains endroits les habitants qui étaient idolâtres (en l'occurrence hindous et bouddhistes) se sont convertis à l'islam sous l'influence de marchands sarrasins qui y viennent avec leurs nefs. Ces régions riches en épices et en bois sont théoriquement sous la souveraineté du Grand Mongol, mais sont si éloignées et d'accès si difficile qu'elles ne paient même pas tribut.

Fustigeant les mœurs de certaines peuplades des montagnes qui sont anthropophages, il signale une imposture qui prouve combien sa crédulité est à éclipses. Elle est grande quand il est question de la foi chrétienne ou de la richesse de Koubilaï, mais sa perspicacité reste vive s'il est question de commerce. Ainsi apprend-il qu'on propose à la vente des petits hommes momifiés. Il constate que ce ne sont pas des hommes, mais des singes qui avaient été bouillis, pelés, peints, séchés, arrangés avec :

Du safran, du camphre et autres choses, pour qu'ils ne se gâtent point, et de telle manière qu'il semble qu'ils aient été des hommes. Et c'est une grande supercherie, car ils sont faits de la manière que vous avez ouïe. Ni en toute l'Inde*, ni en d'autres lieux plus sauvages où je suis allé, ne furent jamais vus d'aussi petits hommes que ceux-là semblent, et je n'ai jamais entendu dire qu'il y avait de petits hommes nulle part.

Le soulagement que nous éprouvons devant le réalisme de Marco doit être mis en regard d'un autre passage souvent cité, souvent illustré où il déclare avoir rencontré des hommes à tête de chien, les cynocéphales. Il les situe dans les îles Adaman qui n'ont aucune raison de se trouver sur son itinéraire. Dans ce cas, il reprend une légende ancrée dans l'esprit de l'homme du Moyen Âge, légende qui vient de loin. Ctésias de Cnide puis Arrien, Mégasthène ou Pline avaient évoqué, parlant de l'Inde, l'existence de ces sortes d'homme, ainsi que d'autres sans cou ou ne possédant qu'un seul pied d'une taille imposante. Des cynocéphales sont représentés sur le tympan de l'église de Vézelay ; un homme à un seul pied l'est sur celui de la cathédrale de Sens.

Ces deux exemples illustrent bien un problème central du *Devisement*. Les informations sont en général fiables quand Marco Polo en est le témoin (quelques exagérations mises à part) ; elles s'entremêlent avec des légendes qui sont traitées de même manière, où l'on aimerait voir plutôt la main de Rustichello de Pise afin de préserver l'image d'un Marco Polo crédible. Qui sait ?

* En l'occurrence l'Indonésie.

Le temps défavorable de la mousson oblige les Polo, la princesse et l'escorte à rester cinq mois à Sumatra. Ils construisent à terre cinq abris de bois entourés de grands fossés pour se garder des bêtes et des anthropophages. Ils établissent néanmoins de bons rapports avec certains habitants qui leur fournissent de la nourriture. Marco Polo apprécie « les meilleurs poissons du monde » (*sic*) et le vin de palme, sans superlatif.

Plus loin, au sein d'un royaume non identifié nommé par lui Dagroïan, il relate une coutume qu'il juge très mauvaise. Quand un homme (ou une femme) tombe malade, ses proches font venir un magicien pour savoir s'il peut guérir ou s'il doit mourir de maladie. Si les magiciens disent qu'il doit guérir, on le soigne ; si le sort est contraire et qu'il n'y a nul remède, les parents du malade font venir des hommes spécialement appointés pour mettre les gens à mort. Ils « savent comment expédier les malades très facilement et gentiment ». Quand il est mort, ils le font cuire, organisent une fête et le mangent complètement en ne laissant que les os. Ils pensent que s'il restait la moindre substance, des vers viendraient s'en nourrir puis mourraient de faim quand il n'y aurait plus rien. L'âme du mort subirait alors de lourds châtiments. Pour éviter cette fâcheuse issue, les parents mettent les os dans une petite arche de bois qu'ils vont enfermer dans de vastes cavernes des montagnes afin que nul ne puisse s'en approcher.

En route vers les Indes, sur une des îles Nicobar (bien au sud des îles Adaman) où il n'y a ni roi ni seigneur, il rencontre des humains qui vivent nus et s'accouplent dans la rue comme des chiens « sans nulle vergogne, et n'ont respect, ni le père de sa fille, ni le fils de sa mère, car chacun fait comme il veut… et comme il peut ».

Dans ce cas, il est difficile de savoir s'il y a là un fait observé ou si cette coutume provient de récits glanés dans les ports où ils prennent vite des excroissances qui flattent les récitants selon les effets qu'ils produisent. De leur côté, le soir à la chandelle, les Vénitiens frissonnent en écoutant le récit…

Après ces étapes variées, les vents conduisent la flottille vers la côte orientale de l'Inde, la côte de Coromandel. On se souvient que Marco Polo s'était déjà rendu en Inde, envoyé une ou plusieurs fois en mission d'inspection par Koubilaï. Ses récits concernant l'Inde proviennent donc de plusieurs voyages qu'il a rassemblés en un ensemble au sein duquel il est impossible de distinguer les époques. Qu'importe ! Depuis le début, nous savons qu'il serait chimérique de reconstituer une chronologie indiscutable. Que notre plaisir soit avant tout de découvrir comment Marco Polo a vu l'Inde. Voici.

Il est intéressant de constater que les brahmanes entrent très vite en scène. Non pour un rituel dans le *sanctum sanctorum* des temples, mais pour « leurs enchantements et leurs arts diaboliques » qui permettent aux pêcheurs de perles de ne pas se faire croquer par les requins. S'il semble encore et encore condamner ces enchantements, Marco Polo n'en reconnaît pas moins leur efficacité. Aucun pêcheur n'oserait plonger s'il n'avait la protection des brahmanes grâce à laquelle les voleurs sont également empêchés d'œuvrer à leur guise.

Nul besoin dans cette contrée de tailler ni de coudre des vêtements car les habitants, hommes et femmes, vont tout nus en dehors d'un morceau de tissu qui couvre ce lieu du corps nommé « parties naturelles » comme si le reste du corps ne l'était point tant.

Ce constat nous rappelle combien les habitudes vestimentaires ont changé en Inde sous l'influence de la colonisation musulmane. Il en sera de même de la relation à l'union sexuelle qui, pendant des siècles, avait été valorisée jusqu'à être, sous l'influence d'une forme du tantrisme, considérée comme un moyen de progression spirituelle.

Le roi, également nu, porte un large collier d'or, de perles et de pierres précieuses, des bagues d'aussi grande valeur, ainsi que des bracelets aux bras comme aux jambes. Ces trésors valent autant qu'une ville entière. Autour de son cou pend une corde de soie fine ornée de cent quatre perles, cela parce que chaque jour, matin et soir, il doit dire cent quatre prières en l'honneur de ses « idoles ».

Il est significatif de constater que cette description correspond aux fresques conservées dans les grottes d'Ajanta, dans une région de l'Inde où Marco Polo ne s'est pas rendu. Là, de belles femmes quasi nues portent des bijoux en une joyeuse sensualité que l'Inde a gardée, mais recouverte d'un voile...

Ce même roi, riche et pieux, possède bien cinq cents femmes car dès qu'il aperçoit une belle dame ou demoiselle, il la prend pour épouse, fût-elle la femme de son frère. Plus loin, Marco écrit : « mais sachez qu'ils ne tiennent aucune luxure pour péché, car ils n'appellent point péché le libertinage ».

À la mort du roi, les « barons » qui l'ont servi se jettent dans le feu du bûcher de la crémation afin de lui tenir compagnie en l'autre monde. Ainsi font les bonnes épouses à la mort de leur mari. Le rituel, qui s'est pratiqué jusqu'à la colonisation britannique, se nomme *sati*. Il a été popularisé par Jules Verne dans son *Tour du monde en quatre-vingts jours*. Les femmes qui ont peur de mourir avec leur époux sont blâmées. Le retrouver en l'autre monde n'est-il pas un bienfait ?

Autre sujet d'étonnement : que le roi et ses barons s'asseyent directement par terre. À la question de savoir pourquoi ils font ainsi, le roi rappelle que nous sommes faits de terre, que nous retournerons à la terre, qu'il est donc important de l'honorer de cette manière.

Marco Polo admire la propreté des Indiens qui se lavent deux fois par jour à grande eau, observe qu'ils ne portent la nourriture à leur bouche qu'avec la main droite, la gauche étant réservée aux nécessités malpropres.

Une coutume surprenante retient son attention. Si un débiteur, après qu'il a été plusieurs fois sollicité par son prêteur sans avoir acquitté sa dette, est attrapé, ce dernier peut l'enfermer dans un cercle tracé autour de lui. Le débiteur doit alors s'engager à régler sa dette le jour même. S'il tente de sortir du cercle sans cet engagement, il est puni de mort.

Pendant son voyage de retour, Marco Polo a été le témoin que cette règle s'appliquait au roi lui-même vis-à-vis d'une dette contractée auprès d'un marchand. Un jour que le roi était à cheval, le marchand traça rapidement un cercle autour de lui. Le roi s'acquitta. Comme les gens qui avaient assisté à la scène étaient surpris, le roi leur dit :

> Moi qui ai établi cette juste loi, vais-je l'enfreindre parce qu'elle est contre moi ? Et je suis tenu, avant les autres, de l'observer.

Marco Polo note ensuite combien certains sages de l'Inde pratiquent l'art de la physionomie qui consiste en la connaissance immédiate par le regard des caractéristiques d'un homme ou d'une femme ; savoir, par exemple, s'ils sont bons ou mauvais. Quiconque a séjourné en Inde a pu observer combien cette capacité est partagée par toutes les couches de la population. La connaissance ne provient pas de mots échangés ; elle est captée par l'aura que chacun dégage.

Il insiste également sur la propension des Indiens à déceler partout des indices favorables ou défavorables, notamment grâce à l'observation des ombres. Chaque jour de la semaine possède une heure défavorable pendant laquelle il faut se garder d'agir.

Il signale l'existence de jeunes filles confiées à un temple (un « moustier ») par leurs parents afin qu'elles chantent et dansent en l'honneur des dieux. Elles doivent également leur préparer une bonne nourriture que les dieux apprécient d'une manière symbolique. Cela permet aux prêtres comme aux demoiselles de se nourrir en faisant grande fête autours des divinités.

Il arrive parfois que le dieu soit fâché contre la déesse ; comme dans un couple humain trop humain, il ne lui parle plus, ne s'unit plus à elle. Le monde alors en est troublé, il cesse de tourner convenablement. Tandis que le dieu se tient sur un autel sous un baldaquin, la déesse sur un autre avec un air facile à deviner, il faut trouver un moyen de les réconcilier. L'art est la meilleure thérapie. Les demoiselles se dénudent (sauf leur « nature » qui demeure cachée) ; elles chantent, dansent, sautillent, font des culbutes et pratiquent diverses réjouissances pour « mettre en joie le dieu et la déesse et les réconcilier ». Elles disent alors :

> Ô seigneur, pourquoi êtes-vous fâché contre la déesse et n'en prenez-vous plus soin ? N'est-elle pas jolie, n'est-elle pas attirante ? Qu'il vous plaise donc de vous réconcilier tous deux et de prendre votre plaisir avec elle, car vraiment, elle est très charmante.

Le lendemain matin, grand bonheur, le prêtre annonce qu'il a vu le dieu et la déesse ensemble et qu'ils ont fait la paix. Réjouissances !

L'on est, me semble-t-il, autorisé à tirer une

leçon de ce rituel de réconciliation pour tant de couples qui auraient besoin qu'une force extérieure, aimante, orante et dansante, leur permette de retrouver l'harmonie perdue. En Inde, chants et danses sont des échos du cosmos.

Compte tenu de l'habitude prise par Marco Polo de saisir toutes les occasions pour nous alerter sur ces questions-là, il est amusant de constater qu'il lui manque ici un exposé de taille. En effet, ces danseuses attachées aux temples, les *devadâsî* (« servantes de la divinité ») peuvent pratiquer avec certains dévots, dans des circonstances bien codifiées, des rituels d'un ordre plus intime. On peut supposer que les prêtres n'ont pas particulièrement tenu à en informer le voyageur qui n'était pas prêt — qui l'est-il ? — à saisir avec son âme le lien entre l'éros et le sacré, si tant est que les rituels fussent toujours orientés dans ce sens. La prostitution sacrée est une affaire grave, magnifique et inquiétante, qu'il faut traiter avec doigté.

Au nord de Madras (Chennai), au sein d'une région montagneuse, Marco Polo signale une manière singulière d'attraper les diamants. Elle est également décrite dans *Sindbad le marin*, nouvel indice que des éléments exogènes ont été introduits dans le *Devisement* s'ils circulent ici ou là et ont la vertu de plaire. La région est riche en diamants qui sont répandus dans une vallée si profonde que nul ne peut y pénétrer. Elle est de plus infestée de serpents guettés par de nombreux aigles blancs qui s'en régalent. Les habitants imprègnent de sang des morceaux de chair qu'ils jettent sur les diamants dans le fond du ravin. Les aigles descendent attraper cette viande devenue écrin. Il y a alors trois façons de récupérer le diamant : se saisir de l'aigle, le tuer, lui ouvrir le ventre ; lui faire peur quand il s'est posé et se repaît de la viande ; ou la plus respectueuse de la vie et la faim de l'aigle : aller en catimini le matin là où l'aigle a passé la nuit, chercher le diamant dans sa fiente selon le même principe qu'il y a des trésors cachés dans la part obscure de la vie, constat qui nous permet d'arriver en philosophes devant le tombeau de saint Thomas l'apôtre.

Nul ne peut dire qu'il s'agit du Thomas des Évangiles même si l'éventualité d'une évangélisation d'une partie de l'Inde par un disciple direct du Christ, adepte de preuves tangibles, est séduisante. Les remises en question qui sont notre lot n'étaient pas dans la tête du Vénitien pour qui le Thomas dont il visite le tombeau ne peut être que l'apôtre. Il note que chrétiens et musulmans vénèrent Thomas comme un saint homme. Les chrétiens ramassent de la terre autour de la tombe pour la rapporter chez eux. Mélangée à un liquide, elle est donnée à boire aux malades qui guérissent aussitôt.

Marco Polo prit de cette terre rouge et la garda avec lui jusqu'à Venise où elle guérit de nombreuses personnes. Un mot sur cette question. S'il est facile d'évoquer des miracles advenus au bout du monde et que nul ne peut vérifier, la présence de cette terre chez les Polo est un fait qui a pu être vérifié, et qui prouve au moins la sincérité du propos. Quant aux guérisons, elles ne sont ni plus ni moins improbables que celles de Lourdes.

Dans une région que l'on peut situer du côté de la ville sainte de Madurai dans l'actuel Tamil Nadu, loin de la mer, Marco Polo évoque des coutumes qu'il a sûrement observées lors de précédents voyages. Il rencontre des brahmanes devenus marchands, une activité peu fréquente chez eux dans la mesure où les brahmanes, membres de la plus haute des quatre communautés (castes), sont avant tout chargés des rituels religieux. Mais que certains pratiquent le commerce n'est pas une erreur de Marco Polo, dont on l'a cependant accusé. C'est, au contraire, un constat qui démontre un sens de l'observation libéré des théories.

Il ne tarit pas d'éloges à l'égard de ces brahmanes. Ils sont honnêtes, préfèrent mourir que mentir, aident généreusement les commerçants étrangers, pratiquent une rigoureuse hygiène alimentaire et « ne font luxure qu'avec leur femme ». Ils ont l'art de décrypter le sens des signes : la longueur d'une ombre, le côté d'où vient une tarentule, le vol d'une hirondelle ou d'autres présages sous forme de « casse-tête ».

Leur vie saine et prudente, ajoutée à leur habitude de mâcher des feuilles de bétel, leur permet de vivre plus longtemps que les autres hommes. Sur ce plan, ils sont cependant battus par des ascètes encore plus rigoureux qui, d'après la description, ressemblent à des yogis. Marco affirme qu'ils vivent de cent cinquante à deux cents ans. Il signale des adeptes d'une autre religion qu'il nomme également yogis (« *cingui* ») qui vont complètement nus, se guérissent à la bouse de vache et s'interdisent de tuer la moindre vie animale ou de manger légumes et fruits tant qu'ils ont une âme, c'est-à-dire avant qu'ils ne soient secs. Ils poussent si loin le respect de la vie que, lorsqu'ils se soulagent sur une plage, ils dispersent leurs besoins sous le sable afin que des vers n'y prennent point naissance et ne soient condamnés à mourir de faim une fois cette nourriture épuisée.

Quand, à la suite d'un décès, il est nécessaire de trouver un remplaçant pour servir les divinités du temple, la sélection se fait ainsi : après une période probatoire dans le temple, l'homme pressenti est livré aux mains de jeunes filles qui tentent de l'émouvoir par des gâteries. Si son membre demeure comme il était avant les attouchements, l'homme est décrété pur ; « si son membre se meut et se dresse », il sera chassé de la compagnie des moines.

La recherche de maîtrises semblables qui vont jusqu'à la rétention du souffle ou, en cas d'union sexuelle, à la pratique de la rétention spermatique, appartient à la tradition ascétique de l'Inde. Sans tomber dans le travers de Marco Polo qui voit partout des sommets, on peut dire que la civilisation indienne a poussé plus loin qu'ailleurs ces maîtrises du corps, non dans le but de le punir, mais avec le dessein de libérer des énergies spirituelles permettant de s'approcher du « divin ». Dans le cas des ascèses religieuses de ces hommes, on peut aisément deviner, bien que le nom ne soit pas prononcé, qu'il s'agit là de jaïns.

Le jaïnisme s'est développé à l'époque du Bouddha par Mahâvîra sur des bases bien antérieures. Il a élaboré un système complexe d'explication du monde, du psychisme et du corps. Les religieux jaïns s'astreignent à des disciplines rigoureuses et ont érigé l'*ahimsâ*, la non-violence et le respect de toute vie comme un principe sacré. C'est ainsi qu'ils portent un voile sur la bouche pour ne pas avaler un insecte. Le jaïnisme est resté très minoritaire en Inde ; il ne s'est pas répandu hors de ses frontières, contrairement au bouddhisme avec lequel il partage de nombreuses valeurs.

Ces remarques de Marco Polo sur les brahmanes, les yogis et les jaïns sont — si l'on excepte l'exagération de la durée de vie des yogis — un témoignage de première importance sur des *choses vues*. Elles font du *Devisement*, après un toilettage, un document unique qui complète de manière vivante et concrète les informations données par les savants.

Cap Comorin à la pointe sud de l'Inde. Puis les voyageurs, naviguent au nord-ouest, longent la côte du Malabar occupée aujourd'hui au sud par l'État du Kérala. À Quilon, ils rencontrent des hindous, des chrétiens et des juifs. Des communautés juives s'étaient, d'après une tradition, installées sur cette côte depuis longtemps et particulièrement après la destruction du second temple de Jérusalem (en 70 de notre ère). Leur présence a grandi vers le xe siècle. Les juifs, bien intégrés, et n'ayant subi aucune persécution, pratiquaient le commerce des épices. Cette communauté a quasi disparu depuis la création de l'État d'Israël. Il en reste aujourd'hui des signes avec la présence de synagogues et de noms d'origine juive portés par des familles dont certaines sont devenues hindoues. Le christianisme, encore bien vivant, a touché cette région dès l'époque évangélique, d'abord chez les juifs qui ont reconnu le Christ comme étant le Messie. C'est sur cette côte que l'apôtre Thomas aurait accosté pour évangéliser l'Inde.

La pénétration musulmane s'est faite en plusieurs étapes entre l'Hégire et l'époque du sultanat de Delhi.

Cette côte a toujours été réputée pour les échanges avec l'Empire romain, le Levant, la péninsule Arabique, le golfe Persique et même la Chine.

Marco Polo signale que la campagne et les montagnes qui sont proches de la côte produisent du brésil, du gingembre, du poivre ainsi que du très bon indigo fait de la sève d'une herbe. Désireux d'être utile aux teinturiers de Venise par des renseignements pratiques, il en donne la recette. Mettre cette herbe sans les racines dans une grande bassine, y verser de l'eau, laisser reposer afin de permettre à la totalité de la sève de s'extraire, disposer le mélange au soleil jusqu'à évaporation de l'eau, étaler la pâte pour achever de la sécher, la couper en morceaux.

Remontant au nord vers le Gujérat, la délégation passe à la hauteur de l'actuelle Bombay puis traverse une zone dans laquelle sévissent plus de cent vaisseaux corsaires qui ont pour habitude d'arraisonner les navires marchands qu'ils pillent avant de demander une rançon pour la libération des prisonniers. Si les corsaires ne trouvent à bord ni pierres ni perles, ils utilisent un moyen qui indispose Marco Polo bien qu'il en existe de plus radicaux. En fait, les voleurs ne sont pas mécontents de laisser les marchands en vie afin qu'ils continuent à pratiquer le commerce et puissent être à nouveau dépouillés. Voici le moyen : ils forcent les marchands à boire un mélange de tamarin et d'eau de mer d'une redoutable efficacité pour faire sortir de leur cachette les pierres précieuses qu'ils auraient avalées.

Après ce récit, le voyageur admire au Gujérat les productions de poivre, gingembre, indigo, coton ou cuirs de différents animaux avec lesquels sont fabriqués des nattes et coussins brodés d'or à l'usage des musulmans, le cuir étant travaillé « plus subtilement que ne se fait en tout le monde ».

Les navires poursuivent leur route en longeant le Baloutchistan où Alexandre le Grand avait failli se perdre dans les sables après avoir dû rebrousser chemin sur les bords de l'Indus, en cette Inde tant désirée par le conquérant.

C'est au cours de cette partie du voyage que Marco Polo reprend à son compte un vieux mythe, celui des îles femelles et mâles auquel il essaie de donner vie en nous faisant croire qu'il y est allé.

Ces îles seraient proches de la grande île de Socotra au large de la corne de l'Afrique, au sud de l'Hadramaut, où leurs navires qui se dirigeaient vers le golfe Persique n'avaient aucune raison de se rendre.

L'existence d'un lieu, île ou forêt, exclusivement peuplé de femmes est un mythe qui court depuis l'aube des temps connus. Ici, l'originalité est de situer à trente milles de l'île Femelle une île Mâle dont on comprend aisément l'utilité. Pendant trois mois, en mars, avril et mai, les hommes se rendent en l'île Femelle et prennent alors du plaisir avec leurs femmes qui ne viennent jamais sur l'île Mâle. Les mères s'occupent dans leur île des enfants qui y naissent. Si c'est une fille, elle restera avec les femmes, si c'est un garçon, il ira vivre avec son père à l'âge de quatorze ans. Stéphane Yerasimos voit dans ce récit « une fable sur la condition des travailleurs immigrés[2] », hypothèse aussi crédible qu'actuelle. Où l'on glisse d'un mythe qui touche les peurs des hommes et les souhaits de certaines femmes vers la triste réalité de couples d'immigrés séparés pour des raisons économiques.

Alors que l'on aperçoit au loin le port d'Ormuz en Perse, but du voyage maritime, il reste une énigme de taille à soulever. Le voyage avait duré plus de dix-huit mois, durée anormale malgré les sautes d'humeur de la mousson. Surtout, des catastrophes s'étaient abattues sur les navires et leurs passagers. Des trois messagers envoyés par Argoum pour lui offrir une épouse deux étaient morts, et sur les six cents matelots, il n'en serait resté que dix-huit tandis que les suivantes chargées de « Bleue comme le ciel » étaient presque toutes mortes. Si Marco Polo cache les raisons de cette catastrophe, c'est qu'elle n'est pas romanesque. Une attaque de pirates avec combats et rançons, ou même une tempête auraient été susceptibles de procurer des frissons aux lecteurs. Alvize Zorzi[3] penche pour l'hypothèse d'une épidémie. Ainsi, par miracle, elle aurait épargné les trois Polo et la précieuse jeune fille. On peut aussi envisager le fait que l'information donnée sur les navires et les morts soit fausse. Mais alors, pourquoi la donner ?

Arrivés à Ormuz, les rescapés apprennent qu'Argoum est mort. Le décès serait dû à un traitement préconisé par un bonze afin qu'il puisse honorer convenablement l'épouse que les vents de Chine lui apportaient… Bon. Le royaume était déstabilisé par cette mort, qu'elle qu'en fût la cause. Comme Ghazan, le fils aîné d'Argoum était trop jeune pour régner et qu'il combattait dans le Khorasan, une perle de la Perse autour de Mashad, Gaikhatou, frère du roi décédé, avait pris le pouvoir sans avoir les capacités nécessaires pour faire face à une situation troublée par des révoltes populaires. Il fut alors décidé que la jolie Cocasin, dont le voyage avait dû forger le caractère, serait offerte comme épouse au jeune Ghazan qui, plus tard, devenu roi après l'exécution de Gaikhatou, serait l'artisan de l'islamisation de la Perse que les Mongols avaient tenté de freiner du vivant de Koubilaï.

Jusqu'à cette période charnière, la Perse était un foyer vivant où se côtoyaient plusieurs religions : l'islam qui gagnait du terrain, le zoroastrisme des origines, le christianisme nestorien, le manichéisme et un bouddhisme en relation avec celui de la Chine.

La princesse est donc envoyée auprès de Ghazan dans le nord de la Perse. On peut imaginer sans grand effort une séparation attendrissante, voire poignante entre « Bleue comme le ciel » et Marco Polo, de vingt ans son aîné. Il lui avait fait découvrir les facettes du monde : ports et paysages, peuples et coutumes ; il l'avait surtout protégée de mille dangers, et c'est là un puissant philtre d'amour.

Quel était maintenant l'état de son cœur ? Était-elle soulagée d'aller à la rencontre d'un homme plus jeune que celui auquel elle était destinée ? Ou plus inquiète encore ? Nous savons par Marco lui-même qu'elle « pleura de deuil » quand ils durent se séparer. Nous n'avons pas besoin des rayons du soleil couchant pour imaginer l'émotion de la jeune fille. Quelle que fût la nature de ses sentiments, ils ne pouvaient être de l'indifférence. Je me retiens de suivre la voie de ceux qui ont brodé sur leur aventure commune. On a beau se brider, on ne peut s'empêcher de penser qu'il y a là un filon riche et celé où le désir et la mort, le devoir et l'espoir sont offerts à qui veut les orner.

Marco Polo se garde de nous dire quoi que ce soit, ici comme ailleurs, sur ses sentiments. Il avait une mission. Il se conduisit en chevalier quels qu'aient pu être ses élans quand les nuits étaient trop belles, les attentes trop longues, les dangers imminents.

Une fois leur mission accomplie, les Polo demeurent neuf mois auprès de Gaikhatou sans que nous en connaissions les raisons. Puis, grâce à des tablettes protectrices données par Gaikhatou au nom du Grand Khan, ils reprennent, dans le sens contraire, l'itinéraire qui avait été le leur à l'aller à travers la Perse : Kerman, Yazd, Qom, Tabriz, enfin l'Asie Mineure jusqu'à Trébizonde sur la rive sud de la mer Noire.

La ville était alors la capitale d'un royaume rattaché à Byzance dont le trône était occupé par un descendant de la grande famille des Comnène. Depuis la reconquête en 1261, Byzance était devenue d'une hostilité marquée à l'égard de Venise.

Pendant ce long trajet, sur des routes connues, mais moins sûres, il leur arrive d'être escortés par plus de deux cents hommes à cheval. Ce ne sont pas là des protections pour des marchands, fussent-ils riches. Ils sont devenus des notables de l'empire, même dans ses extrémités occidentales. Au cours de leur chevauchée, ils apprennent la mort de Koubilaï Khan, mort advenue le 18 février 1294. Pas un mot sur leurs réactions.

Nous saurons par d'autres sources qu'ils ont été dépouillés à Trébizonde d'une partie de leur richesse. Le *Devisement* le cache, mais ce vol, ou cette confiscation, est noté en 1310 dans le testament de Matteo. Il s'agirait de quatre mille besants en pièces d'or byzantines, une somme considérable que les Vénitiens auraient pu obtenir en vendant des biens qu'ils rapportaient de leur séjour en Chine. Si le testament évoque la somme, c'est qu'elle n'a pas été récupérée mais que l'espoir subsiste. Venise n'avait pas l'habitude d'être légère avec ces questions. L'or des coupoles est le fruit étincelant d'un commerce conduit avec la force des lois et le fil de l'épée.

De Trébizonde qui n'a pas vu d'un bon œil ces Vénitiens papistes qui revenaient de si loin avec tant de biens, ils gagnent Byzance en traversant la mer Noire. Ils attendent un bateau pour un nouveau trajet à travers les îles grecques. Ils longent Nègrepont qui fut vénitienne avant d'être prise par Byzance qui la perdra en 1296, aperçoivent le cap Sounion où ils purent admirer le temple symbole d'une culture qu'Alexandre le Grand avait fait rayonner jusqu'aux bords de l'Indus. Puis ils contournent le Péloponnèse, voient Ithaque au large, gagnent l'Adriatique et atteignent enfin Venise : « Escabeau velouté pour les genoux de la prière[4]. » Ils y accostent avec « bien des richesses », dit le *Devisement*, malgré la spoliation de Trébizonde.

En faire un livre ?

Nous ne savons rien sur les retrouvailles de Marco Polo avec sa ville quittée un quart de siècle plus tôt. Une remarque confirme à la fois la confiance dans l'intervention divine et le dessein du récit :

Mais je pense que notre retour a été voulu par Dieu, pour que les choses qui sont au monde puissent être connues.

Elles l'ont été, mais selon une modalité qui prouve que si Dieu existe, il écrit avec des lignes courbes, car il aura fallu un emprisonnement, une improbable rencontre et, plus tard, un engouement pour que ce nouveau monde vécu par Marco Polo soit transcrit et se rapproche peu à peu des frontières du mythe.

Notons tout d'abord deux traditions pittoresques sur les circonstances du retour.

La première raconte qu'après avoir débarqué à Venise les trois hommes se sont dirigés vers leur demeure. Ils frappent. La servante vient à la fenêtre demander : « Qui est là ? » Nicolo répond alors le plus simplement : « *Il padrone !* » (« Le patron »).

La seconde est due à un homme du XVIe siècle qui a beaucoup œuvré pour la fortune du récit de Marco Polo : Giovanni Battista Ramusio. Dans sa *Préface sur l'origine du livre du Magnifique Sire Marco Polo*, ce fin lettré de la Renaissance, homme dont l'imagination est aussi étendue que la culture, écrit qu'il arriva aux Polo :

La même chose que ce qui était arrivé à Ulysse, qui, revenu de Troie à Ithaque après vingt ans d'absence, ne fut reconnu par personne. Ainsi ces trois gentilshommes, depuis tant d'années qu'ils étaient restés loin de leur patrie, ne furent reconnus par aucun de leurs proches ; lesquels pensaient sûrement qu'ils étaient déjà morts depuis longtemps, car c'était le bruit qui avait couru. Ces trois gentilshommes, à cause de la longueur du voyage, des ravages du temps, et à cause des fatigues et des tourments de l'âme, se trouvaient changés dans leur aspect extérieur — qui trahissait un je-ne-sais-quoi de tartare dans le visage —, et dans leur parler, étant donné qu'ils avaient presque oublié la langue vénitienne. Leurs vêtements étaient de mauvaise qualité et faits de tissus grossiers, à la mode des Tartares. Ils se rendirent à leur maison, qui se trouvait en cette ville dans le quartier de San Giovanni Grisostomo, comme on peut la voir encore aujourd'hui, et qui à cette époque était un très beau et très haut palais, lequel est appelé maintenant la Cour du Million à cause (comme on le racontera plus loin) dudit Messire Marco. Ils trouvèrent dans cette maison quelques-uns de leurs parents, auxquels ils eurent beaucoup de mal à faire comprendre qui ils étaient : car, les voyant si changés dans leur visage et avec des vêtements en désordre, ils ne pouvaient croire qu'ils étaient ceux de la maison Polo, qu'ils avaient considérés comme morts depuis tant d'années. Or ces trois gentilshommes (d'après ce que j'ai entendu dire bien des fois par le Magnifique Sire Gasparo Malipiero, gentilhomme très vieux et de singulière bonté et intégrité, qui avait sa maison sur le canal de Santa Marina, à l'angle du canal Saint-Jean-Chrysostome, tout près de ladite Cour du Million, qui prétendait l'avoir entendu dire par son père, son grand-père et d'autres hommes âgés du voisinage) imaginèrent de faire un geste par lequel ils retrouveraient en même temps la reconnaissance des leurs et la considération de toute la ville, et qui fut de cette sorte : ayant invité de nombreux parents à un banquet, qu'ils voulurent très honorable et avec une grande magnificence dans leur maison, et l'heure étant venue de se mettre à table, ils sortirent de leur chambre vêtus tous les trois de longues robes en satin cramoisi qui tombaient jusqu'à terre comme on en portait en ce temps-là. S'étant passé les mains à l'eau et ayant fait asseoir les autres, ils ôtèrent lesdites robes et s'en mirent d'autres en damas cramoisi, et les premières, d'après les ordres qu'ils donnèrent, furent découpées en morceaux et distribuées aux serviteurs. Ensuite, après avoir mangé quelques plats, ils retournèrent s'habiller de velours cramoisi, et quand ils furent de nouveau à table, les secondes robes furent partagées entre les serviteurs. À la fin du banquet, ils firent de même avec celles de velours, après s'être vêtus d'un habit de tissu ordinaire comme en portaient tous les autres. Cela émerveilla, et même stupéfia tous les invités. Mais après avoir enlevé les nappes et fait sortir de la salle tous les serviteurs, Messire Marco, comme étant le plus jeune, se leva de table et alla dans l'une des chambres d'où il rapporta les trois méchantes robes en tissu grossier, avec lesquelles ils étaient arrivés à la maison. Alors, avec des couteaux bien tranchants, ils commencèrent à découdre les ourlets et à en sortir des bijoux très précieux en grande quantité, à savoir des rubis, des saphirs, des escarboucles, des diamants et des émeraudes qui avaient été cousus dans chacune de ces robes avec beaucoup d'habileté et de telle façon que personne n'aurait pu imaginer qu'ils y fussent. Car, après avoir quitté le Grand Khan, ils changèrent toutes les richesses qu'il leur avait données en autant de rubis, émeraudes et autres bijoux, sachant parfaitement que s'ils avaient fait autrement, dans un si long et si difficile voyage, il ne leur aurait jamais été possible de transporter avec eux autant d'or.

Cet étalage d'un si grand trésor de bijoux et de pierres précieuses, qui furent posés sur la table, remplit à nouveau les assistants d'un étonnement si profond qu'ils restèrent comme frappés de stupeur. Ils reconnurent alors que c'étaient bien ces dignes et valeureux gentilshommes de la maison Polo, ce dont ils doutaient auparavant, et ils leur firent beaucoup d'honneurs et de compliments. Quand la nouvelle se fut répandue dans Venise, aussitôt toute la ville, les nobles comme les gens du peuple, accourut chez eux pour les embrasser et leur faire toutes les plus grandes caresses et démonstrations d'attachement et de respect qu'on puisse imaginer[1].

La scène est trop farfelue pour être authentique. Revenons à des faits qui s'appuient sur des documents. Les Polo retrouvent le frère aîné de Nicolo et Matteo que l'on nomme Marco le Vieux pour éviter une confusion avec le nôtre. Nicolo revoit sa femme au prénom chantant de Fiordelise, quittée vingt-quatre ans auparavant, et découvre (cela devient une habitude) un fils conçu entre ses deux séjours en Asie, un Matteo junior qui est donc le demi-frère de Marco puisque sa mère était morte pendant le premier voyage de son père qui avait duré seize années. Des documents indiquent que Nicolo avait également deux enfants naturels, mais si nous connaissons le prénom de leur mère, Maria, et ceux des deux autres demi-frères de Marco, issus de la main gauche comme on dit pudiquement : Zamino et Stefanino, nous ignorons tout des circonstances de leur naissance. À Venise avant le départ ? Au Levant ? Au cours du séjour en Chine et, dans ce cas, ils seraient revenus avec leur père ?

De même ignorons-nous la valeur des biens rapportés par les Polo et, surtout, la matière des récits qu'ils ont sûrement répétés à leurs proches, aux autres marchands, aux représentants de l'Église et de la Cité. Nous savons que Marco Polo était revenu avec des notes. Celles-ci contenaient probablement des précisions sur les distances, les productions, les taux de change, les murailles et bâtiments des villes, etc. Pourquoi ne pas les rassembler dès le retour afin de laisser une trace et, au moins, répondre aux questions dont il était pressé ? Aucun indice de lui ou de ses contemporains sur cette éventualité, aucune allusion dans les archives vénitiennes cependant bien fournies. Si nous avons parfois pu, avec prudence, suggérer des réponses devant énigmes et contradictions, pour ce cas-là, force est de constater que le bon sens ne suffit pas. Entre l'existence d'un texte qui n'aurait laissé aucune trace et la supposition que Marco Polo n'aurait pas pensé que ces vingt-quatre années d'aventures ne méritaient pas d'être fixées, l'écart est grand.

L'hypothèse communément admise est que le *Devisement* a été rédigé alors que Marco venait d'être fait prisonnier, trois ans après son retour. L'année est fournie par l'introduction de la première version connue du texte :

> [Marco Polo] a fait écrire toutes ces choses en bon ordre à Messire Rustichello, citoyen de Pise, qui était avec lui dans le même donjon de Gênes, en l'an 1298 depuis la naissance de notre Seigneur et Maître Jésus-Christ.

Le 8 septembre 1298 est la date de la bataille de Curzola qui fut une catastrophe pour les Vénitiens. L'amiral en chef génois Lamba Doria l'emporta largement sur le capitaine général vénitien Andrea Dandolo qui, une fois fait prisonnier, préféra se suicider. Sept mille morts (chiffre considérable pour les batailles de l'époque), quatre-vingt mille prisonniers.

Il ne s'agit pas de remettre en question la date de 1298 pour la rédaction du récit de Marco Polo mais de s'interroger sérieusement sur les raisons de ces trois années de latence alors qu'il aurait été libre de ses mouvements à Venise.

Qu'aurait-il fait au lieu d'écrire ? Se serait-il avant tout occupé de ses affaires commerciales, aurait-il tenté de récupérer l'importante somme laissée à Trébizonde ? Serait-il tombé amoureux ? Aurait-il cherché un bon parti en vue d'un mariage qui l'aurait élevé dans la hiérarchie sociale si déterminante pour un Vénitien ? Et pourquoi ne serait-il pas tombé malade, son organisme se relâchant une fois à la maison après tant d'épreuves ?

Jamais à court d'explications tardives, Ramusio nous propose une piste qui a au moins le mérite de justifier les trois années avant la production d'un texte. Marco Polo aurait été fait prisonnier à Gênes seulement quelques mois après son retour de Chine. Il se serait fait alors envoyer ses notes par son père afin d'élaborer son récit. L'hypothèse est tentante. Ramusio donne des précisions : compte tenu de son expérience maritime, Marco Polo aurait été élu à son retour commandant d'une galère de guerre attaquée par les Génois. On sait par ailleurs que son porte-plume, Rustichello de Pise, était lui-même prisonnier à Gênes. Certes, dans son *Delle navigazioni e viaggi*, Ramusio se laisse aller à des interprétations douteuses. Ce penchant ne nous autorise pas à rejeter toutes ses informations.

Dans le même esprit, les éminents spécialistes que sont Arthur Christopher Moule et Paul Pelliot[2], à qui l'on doit l'édition du *Devisement* que nous avons suivie depuis le début, pensent que Marco Polo aurait été capturé par les Génois à Laïas (Ayas) en mer Noire peu après son retour.

Certains historiens considèrent cependant que Marco Polo n'aurait pas été tenté de reprendre la mer aussitôt rentré. C'est mal jauger son tempérament. On a pu observer à plusieurs reprises qu'à défaut d'avoir la tête théologique, il possédait une énergie et un courage exceptionnels. N'oublions pas non plus que le trajet en bateau sur des mers sûres, de Trébizonde à Venise via Byzance, a pu permettre aux Polo de reprendre des forces après la désastreuse traversée de la Chine à Ormuz et la chevauchée périlleuse dans une Perse agitée entre Ormuz et Trébizonde.

Éclairons cette hypothèse.

Marco Polo, rentré à Venise en 1295 reprend assez vite la mer soit pour des raisons commerciales (le plus plausible), soit pour des raisons militaires. Il est fait prisonnier et emmené à Gênes où il ne rencontre pas tout de suite Rustichello de Pise. Revenons à ce dernier. On sait qu'il était retenu à

Gênes probablement depuis 1284, après la bataille de la Meloria entre Pise et Gênes qui se solda par la défaite de la flotte pisane commandée par le Vénitien Albertino Morosini. Neuf mille prisonniers avaient alors été conduits à Gênes. Ils auraient dû être libérés lors des pourparlers de paix de 1288 mais, comme le rappelle Alvise Zorzi, la prise de pouvoir à Gênes du comte Ugolin Gherardesca et les troubles qui s'ensuivirent empêchèrent leur libération. C'est pourquoi le pauvre Rustichello était encore en prison quand Marco Polo fut à son tour conduit à Gênes. Sur la rencontre des deux hommes, Alvise Zorzi écrit :

> Quelqu'un se sera chargé de faire savoir à Rustichello qu'il y avait un gentilhomme vénitien prisonnier qui racontait des choses extraordinaires, et à Marco qu'il y avait un écrivain désœuvré qui pourrait peut-être l'aider à mettre des souvenirs en forme[3].

Il est tout à fait plausible qu'une telle rencontre prenne du temps dans une ville comme Gênes remplie de prisonniers. Ceux-ci, s'ils étaient de bonnes familles, étaient retenus dans des conditions convenables, parfois chez l'habitant, ce qui ne veut pas dire qu'ils étaient libres d'accomplir toutes sortes de mondanités.

Encore une question : pourquoi cette date de 1298 pour le commencement du *Devisement* ? Si l'on garde le scénario solide d'un Marco Polo à Gênes depuis 1296, il est évident que l'arrivée de nombreux captifs vénitiens après la bataille navale de

Curzola a conduit les autorités à déplacer les plus anciens prisonniers. Dans ces conditions, Marco et Rustichello, soit par hasard, soit à leur demande, se sont retrouvés ensemble et ont pu élaborer assez vite le texte du *Devisement* à partir des notes que Marco Polo avait reçues de Venise auparavant.

Cette hypothèse est de première importance. Elle nous permet d'évacuer l'image d'un Marco Polo si peu désireux de livrer les précieuses connaissances acquises pendant vingt-quatre ans qu'il aurait attendu trois ans à Venise et une bataille navale pour se mettre au travail. Quand on a vécu ce qu'il a vécu, on ne peut, en dehors du choix de la voie mystique, s'empêcher de vouloir offrir à ses contemporains l'éclat d'une aventure exceptionnelle. Avoir accompagné Marco Polo pendant toutes ces années nous a permis de comprendre un trait de son caractère : il aimait transmettre.

Son rôle principal aura été de recueillir de nombreuses informations à l'usage de Koubilaï Khan ; il a pris des notes qu'il a conservées avec lui. Il est doué d'une mémoire exceptionnelle comme le prouvent au moins les nombreuses langues qu'il pratiquait. De retour à Venise, il sait que sa mission est maintenant d'aider ses compatriotes à prendre connaissance des réalités qui existent de l'autre côté du monde. Il y est poussé par le désir d'aider les commerçants et par la mission politique confiée par la papauté. Il a un message important à transmettre à ses contemporains : la Chine des Mongols ne nous veut pas de mal et elle est en avance sur nous. Cette avance durera jusqu'au début de la Renaissance. Ce sera ensuite au tour de l'Occident de dominer l'empire du Milieu jusqu'au début de notre siècle présent...

Il semblerait d'ailleurs naturel qu'il commence par écrire un rapport à l'attention de Boniface VII, élu pape en 1294, même si depuis la mort de Grégoire X, en 1276, après cinq ans de pontificat, dix papes se sont succédé sur le trône de saint Pierre sans qu'aucun ait eu le temps d'élaborer une politique suivie à l'égard de Byzance et du Levant, encore moins vis-à-vis des Mongols.

L'existence de ce rapport étant aussi hypothétique que l'espoir de le retrouver, il ne reste plus qu'à un écrivain imaginatif de le rédiger afin d'éclairer la situation géopolitique de ce fascinant XIIIe siècle avec sa libre circulation des idées et des marchandises d'un bout à l'autre du monde connu.

Retour à Marco Polo : nous l'imaginons donc prisonnier à Gênes peu après son retour et, soit à cause des conditions pratiques, soit à cause d'un blocage psychologique, empêché de développer ses notes, à moins qu'il ne l'eût fait auparavant dans un document perdu. La rencontre de Rustichello qui se morfond depuis des années est l'étincelle créatrice qui, en 1298, donnera vie au *Devisement* tel qu'il nous a été transmis.

Le 25 mai 1299, Venise et Gênes signent la paix. Marco Polo retrouve sa famille dans le courant de l'été.

Entre-temps, Nicolo et Matteo auraient acheté une belle demeure dans le quartier de San Giovanni Grisostomo, non loin du pont du Rialto.

La maison, que d'aucuns considèrent comme un palais, a été détruite par un incendie en 1696. Sa localisation très précise est difficile à établir. Une plaque est apposée sur un bâtiment situé le long d'un charmant canal derrière le Corte Seconda del Million. Mais le théâtre Malibran aurait été construit en partie sur son emplacement. On pourrait alors installer dans son imaginaire une maison-palais en plusieurs bâtiments, avec d'un côté un canal pour l'arrivée des marchandises à entreposer, de l'autre une place où recueillir des nouvelles de la Cité. Quoi qu'il en soit, la maison se trouvait dans le quartier de Cannaregio, un des plus grands de Venise, entre la place Saint-Marc et les marchés autour du Rialto. Tout près, l'église San Giovanni Grisostomo, fondée au XIe siècle, a été reconstruite au XVe. Quelques pas, et voici le Grand Canal, la césure serpentine de la ville. Là, au début du XVe siècle, Marino Contarini fera construire en gothique d'inspiration *orientale* un des plus beaux palais de Venise, la Ca' d'Oro dont la façade est à la hauteur des *merveilles* que Marco a décrites pour faire rêver enfants et rois, et donner des nuits blanches et stimulantes aux historiens.

Il a donc dicté, probablement en toscan, le *Devisement* à Rustichello qui le transcrivit en français, la langue de ses livres. Nous avons tenté d'éclairer les passages dans lesquels Rustichello ajoute son grain de sel, ou plutôt son grain de merveilleux.

L'antériorité de cette version française, en dehors de l'existence d'un texte disparu, a naturellement été discutée. Elle est maintenant reconnue par les spécialistes qui ont fait tous les recoupements possibles avec les nombreuses autres versions en latin, toscan, vénitien, catalan, aragonais, portugais, castillan, etc.

Plusieurs raisons expliquent le choix du français (langue d'oïl) en dehors du choix personnel de Rustichello : le français était, avec le latin pour les ouvrages savants, la langue de culture de l'Europe du XIIIe siècle. Elle était celle des trouvères, celle des cours, particulièrement en Italie grâce aux princes de la première maison d'Anjou. Jacques Heers rappelle qu'« en 1328, les étudiants des collèges d'Oxford devaient converser entre eux et avec leurs maîtres soit en latin, soit en français [4] ». D'autre part, à la suite des croisades, le français était largement répandu en Terre sainte, dans les îles grecques, notamment à Chypre ; à Byzance, et jusqu'en Arménie. Jacques Heers cite également un Vénitien contemporain de Marco Polo, Martino da Canalo, qui a écrit une *Chronique* de Venise qui contient un récit de la bataille de Curzola, ouvrage en français :

> Porce que langue Franceise cort parmi le monde, et est la plus délectable à lire et à oir que nul autre, me suis-je entremis de translater l'ancien estoire des Venecians de Latin en Franceis [5].

Autre exemple, celui de l'érudit florentin Brunetto Latini qui écrivit son œuvre monumentale *Li Livres Dou Trésor* en français :

Porce que le parleure est plus delictable et plus connue à toutes gens[6].

Marco Polo a maintenant quarante-cinq ans, un âge respectable dans la mesure où l'on peut ajouter dix ou quinze ans par rapport à aujourd'hui. Il a vécu ce que nul avant lui n'a vécu, il est revenu avec une somme importante, il est l'auteur (plutôt le coauteur) d'un livre qui fera le tour de l'Europe avant de faire le tour du monde. Il est grand temps pour lui de se marier. Quelle influence sa fortune, son aura ou son charisme dans le parti qu'il trouve ?

Donata est issue d'une des familles les plus prestigieuses de la Cité, les Baoder, descendant des Parteciaci dont plusieurs membres avaient été doges. Le mariage est probablement célébré en 1300, date que Dante a choisie pour accomplir son voyage dans l'au-delà en compagnie de Virgile et de Béatrice…

Les fruits de ce mariage auront pour noms Fantina, Bellela et Moreta, trois filles qui feront à leur tour de beaux mariages si l'on considère que *beau* signifie élevé dans l'échelle sociale. Fantina épousera Marco Bregadin, Bellela, Bertuccio Querini et Moreta, Ranuccio Dolfin, puis Tommaso Gradenigo.

La fortune d'un texte

Marco Polo serait-il une invention tardive ? La question mérite qu'on s'y arrête. Des manuscrits du *Devisement* ont circulé peu après son retour. Le premier en français dont on a gardé la trace a été offert en 1307 à Venise par Marco Polo lui-même à Thibaut de Cepoy afin qu'il le remît à Charles de Valois, prétendant au trône de Constantinople. Il s'agissait d'une copie qui aurait peut-être été précédée d'un texte dont on a perdu la trace et qui pourrait être le texte original. Cette copie sera à son tour recopiée avec des enluminures en 1312 par Mahaut, comtesse de Bourgogne. Puis Charles V possédera trois copies. Nous avons là une indication que le texte était utile aux puissants auxquels il apportait des informations solides sur la géographie des espaces jusqu'en Chine et sur la puissance des Mongols.

Probablement après 1310, un frère dominicain de Bologne, Francesco Pipino, se rendit à Venise pour y rencontrer Marco Polo qui lui remit une version en vue d'une traduction en latin. Était-ce ce premier texte disparu qui enflamme tous les chercheurs ?

Frère Pipino traduisit le manuscrit qu'il avait entre les mains mais, hélas, en modifiant certains passages afin de servir avant tout à l'édification des bonnes âmes dans la sainte doctrine catholique. Des mises en perspective de différents manuscrits permettent de souligner les changements. Il a donné à son texte un titre différent des autres versions qui sont plus fiables et plus riches : *De conditionibus et consuetudinibus orientalium regionum.*

À partir de ces premières versions, d'autres traductions en langues européennes circulèrent. La comparaison des manuscrits est à la fois un délice et un casse-tête pour qui souhaite s'y plonger.

L'existence de ces manuscrits prouve que le récit de Polo-Rustichello a remporté un certain succès d'estime et de curiosité mais leur nombre est insuffisant pour avoir bouleversé l'imaginaire de l'époque, même si des témoins affirment qu'il existait un ou deux exemplaires du *Devisement* à la disposition des amateurs sur le pont du Rialto. Jacques Heers [1] relève qu'il resterait environ quatre-vingts manuscrits du début du XIVe siècle. Mais d'autres récits oubliés ont été recopiés en de plus grandes quantités. Plus tard, le *Livre des Merveilles* du faux voyageur Jean de Mandeville sera plus largement diffusé. Quant aux manuscrits de *La Divine Comédie* de Dante, il y en aurait environ cinq cents exemplaires.

Il faudra attendre le milieu du XVIe siècle pour que le récit de Marco Polo prenne son envol auprès du public.

Né à Trévise en 1485, chargé de plusieurs ambassades par Venise, Giovanni Battista Ramusio a écrit en 1553 *Delle navigazioni e viaggi** dans lequel, présent à côté d'autres voyageurs, Marco Polo devient une légende. Le succès est immense. Marco Polo n'est plus seulement un informateur, il est un héros dont il faut suivre l'exemple. Souvenons-nous qu'en ce siècle l'Europe a retrouvé son énergie et qu'elle est partie à la conquête du monde. Son étendard, orné d'une croix, se devait de flotter sur toutes les terres découvertes. Marco Polo est un stimulant.

Cette célébrité si tardive démontre combien les individus comme les époques cajolent ce qui est utile à leur développement.

Le *Devisement* l'est-il encore aujourd'hui ? Quelle question ! Outre les plaisirs ethnologiques et historiques (plaisirs d'un élargissement de la conscience), le plaisir de la saveur des mots, le récit nous offre un exemple dont nous avons besoin pour avancer, à savoir que le courage et la fidélité ouvrent les portes les plus fermées.

Ne suffirait-il pas de compter sur toute la terre le nombre de restaurants nommés le *Marco Polo* pour être bien sûr que ce jeune homme aux allures simples a de quoi nous mettre en mouvement :

> Pour savoir la pure vérité des diverses regions du monde, si prenez cest livre et le faites lire : si trouverez les grandesimes merveilles qui y sont escriptes de la Grant Hermenie [Arménie] et de Persse et des Tartas et d'Ynde et de maintes autres provinces[2]...

* Ramusio y évoque notamment le retour des Polo à Venise.

En guise d'adieu

On pourrait, en guise d'adieu, éclairer à nouveau le *mythe* de Marco Polo. Un voyageur qui, tel Héraclès, Ulysse ou Sindbad, a traversé avec succès de redoutables épreuves avant de découvrir la Chine, accomplir dans plusieurs pays d'Asie des missions de confiance pour l'empereur, repartir avec une princesse dont il tombe silencieusement amoureux, retrouver son foyer, être capturé, dicter un récit qui instruira les cours européennes et fera le tour du monde ; enfin savourer la douceur des heures domestiques avec son épouse et ses filles. Cet homme qui a tourné son regard vers le miroir des souvenirs peut terminer sa vie avec la sagesse de celui qui, après avoir rencontré la folie de l'Histoire, contemple la chorégraphie éphémère des pierres de Venise sur l'eau du canal qui longe son palais.

Son récit aura, plus que tout autre, fait avancer la connaissance des merveilles de l'autre bout de la terre, et lancera des caravelles sur ses traces.

On pourrait, à l'inverse, déployer l'esprit critique cher à notre temps, insister sur les exagérations du

Devisement, les erreurs flagrantes, ne voir en Marco Polo qu'un voyageur parmi d'autres, moins précis que Jean de Plan Carpin, moins truculent que Guillaume de Rubrouck, un marchand qui regarde les peuples avec ses préjugés, incapable de comprendre une autre religion que la sienne, incapable dans une ville, au sein d'une foule, devant un rituel, dans la chaleur d'un bivouac... de nous transmettre images et traces significatives qui sont le suc des récits de voyage. Pas une odeur sur les marchés aux abondantes épices, pas de couleurs en dehors de l'or des palais, pas de visages fors celui de Koubilaï, pas un dialogue avec un autre marchand, un politique, un sage. Pas une aventure galante ! Des chasses, oui, des batailles, du commerce, mais rien sur l'éclat des arts en Chine, en Birmanie, à Ceylan, aux Indes...

Et sa seigneurie d'une ville chinoise ? Il se serait occupé de vérifier les comptes ou de superviser le commerce du sel, ce qui n'est pas rien, mais n'est auréolé d'aucune gloire.

Et l'injustice faite à son père et à son oncle qui ont ouvert la voie lors de leur héroïque voyage avant de disparaître ensuite presque complètement du récit ? N'ont-ils été que deux ombres dans le sillage de Marco ? Ne l'ont-ils pas conseillé, soutenu, n'ont-ils pas eu leur part dans les décisions et les responsabilités ?

Et le pauvre Rustichello de Pise, laissé sur le bord de la route ? Avoir enduré tant d'années d'emprisonnement après des heures de gloire, avoir eu l'idée de transformer un voyage en une épopée, lui avoir donné du piquant, et être envoyé ainsi dans les bas-fonds de l'oubli… Quelle catin, la renommée !

Et ceci encore : un destin comme celui de Marco Polo appelle à son terme un profond mouvement de l'âme. Comme nous aurions aimé sentir qu'il a changé, qu'il s'est élevé au-dessus de sa condition de marchand vénitien du XIIIe siècle ! Pas le moindre signe de cet ordre.

J'ai essayé de naviguer entre ces deux écueils, de rendre à Marco son dû — qui est considérable — tout en soulignant les manquements à la vérité, si tant est que cette danseuse ait un seul visage. Je me suis attaché à lui, j'ai aimé chevaucher à ses côtés, lui ai pardonné les frustrations dont il était la cause.

Ouvrons le livre de la reconnaissance.

Marco Polo ne pose pas. Il ne s'est pas inventé un personnage. Grâce à lui, nous pouvons découvrir d'une manière directe la mentalité d'un homme du Moyen Âge, comprendre sa relation au christianisme, saisir comment il colore les facettes du réel de ses croyances. La terre produit des denrées *et* des légendes qui n'ont pas moindre consistance. Le regard de Marco unit des domaines que nous avons séparés.

Et c'est alors que nous entrons aujourd'hui dans un de ces derniers hameaux cachés loin des villes, où l'on vit encore avec un tel assemblage. Grâce à Marco Polo, nous évitons bien des âneries. Nous savons comment les mythes sont des réalités immuables et présentes, nous saisissons que la mort, rythme de la terre, n'est pas plus énigmatique que la naissance, que chaque chose est à sa place, la fidélité une évidence, le pouvoir une volonté du ciel. Nous avons compris que la beauté et le clinquant se confondent, que les sexes ont des fonctions séparées, et que la loi sociale est plus forte que les désirs individuels.

Amusons-nous maintenant à retourner l'éclairage.

C'est de ce hameau que nous écoutons le récit de Marco Polo. Alors le fossé est en partie comblé. Nous voici enfin capables, avec l'aide de la raison et de l'intuition, d'admirer les déploiements de signes dans l'air. Ils occupent la conscience de cet homme qui dépose des graines dans un sillon creusé avec un araire en bois derrière son buffle.

Ici (au Bouthan) comme là (au XIIIe siècle), le ciel est habité et le nombril n'est pas un objet de contemplation.

Ce passage du temps à l'espace était certes un jeu. Mais les dieux, ceux dont Marco réprouve la croyance tout en les craignant, ne jouent-ils pas avec les hommes ?

La planète est devenue un village, dit-on un peu vite. Il n'y aurait donc plus de nouvelles contrées à découvrir ? C'est oublier combien le réel se renouvelle si l'on sait renouveler son regard. La femme n'est-elle restée une *terra incognita* pour l'homme, et réciproquement (moins sûr) ? Et l'enfant, le grillon de l'été, les pas la nuit dans la neige, le nom perdu, la libellule, la première étoile, toutes les constellations, une pierre qui roule, un rire dans le désert, le chemin vers *toi* ?

Les manières de s'étonner et, par là, de s'ouvrir, n'ont pas disparu ; elles se sont déplacées.

Marco Polo a été un homme simple à qui il est arrivé des choses extraordinaires. Notre Chine à nous est derrière le premier buisson. L'empereur ? Son palais de cent pièces est dans l'arbre sur la colline d'à-côté.

*

Et sachez à présent qu'après avoir quitté cette province et avoir chevauché dix journées vers le ponant, les trois voyageurs sont arrivés devant une cité entourée de belles vignes et de vergers qui produisent les meilleures pommes du monde. Les trois logèrent hors de la cité chez un homme qui leur laissa sa femme et ses filles afin qu'ils fussent honorés par elles. C'était beau spectacle de voir les habitants préparer une fête. Et quand fut venu le jour de célébrer leur idole, celui des trois voyageurs qui était du royaume d'Éthiopie se rendit à la fête. Il en revint en disant que cette fête était semblable à celles qui se faisaient en son pays. Après lui s'y rendit celui qui était de la grande province de Bengala. Il revint ébahi et dit que la fête était toute semblable à celles qui se pratiquaient chez lui. À son tour y alla le troisième qui était de l'île de Cipangu, et aussi lui advint comme aux deux autres, et en revint tout pensif. Quand ils furent réunis, ils dirent qu'ils iraient tous trois en une fois. Donc s'y rendirent ensemble à la fête. Et là, c'était grande merveille de voir choses qu'ils n'avaient jamais vues. Ils ouvrirent grand les yeux et d'une seule voix s'exclamèrent :

— Oh !

ANNEXES

REPÈRES CHRONOLOGIQUES

395. L'Empire romain est définitivement divisé en deux parties. L'Empire romain d'Orient sera plus tard nommé Empire byzantin. La Terre sainte est christianisée et fait partie de cet ensemble.

421. Selon la légende, création de Venise.

527-565. À la suite des conquêtes de l'empereur Justinien, la péninsule italienne est rattachée à l'Empire byzantin.

638. Prise de Jérusalem par les Arabes.

992. « Bulle d'or » des empereurs byzantins Basile et Constantin privilégiant les marchands vénitiens.

1054. Schisme entre l'Église catholique d'Occident et l'Église orthodoxe d'Orient.

1055. Jérusalem est prise par les Turcs Seldjoukides. Les chrétiens ne sont plus autorisés à y accomplir des pèlerinages.

1095. Au concile de Clermont, le pape Urbain II demande aux nations chrétiennes d'aller délivrer le tombeau du Christ. Deux ans plus tard, commence la première croisade.

1099. Prise de Jérusalem par les croisés.

1187. Les musulmans reprennent Jérusalem après la bataille de Hattin gagnée par Saladin.

1204. Prise de Constantinople par les croisés et les Vénitiens. Baudouin II devient empereur.

1206-1227. Règne de Gengis Khan comme Grand Khan.

1215. Conquête de Pékin par les Mongols.

1226-1270. Règne de Saint Louis, roi de France. Il sera canonisé en 1297.

1229-1241. Ogotaï Grand Khan.

1241-1242. Les armées mongoles atteignent la côte dalmate puis se dirigent vers Vienne avant de refluer pour élire un nouveau Grand Khan.

1243-1254. Pontificat d'Innocent IV.

1245-1247. Voyage de Jean de Plan Carpin en Mongolie, missionné par le pape Innocent IV.

1246-1248. Guyuk Grand Khan.

1248. Deux envoyés mongols rencontrent Saint Louis à Chypre.

1249. Voyage d'André de Longjumeau en Mongolie. Il est envoyé par Saint Louis.

1251-1259. Mongka Grand Khan.

1253. Départ de Venise de Nicolo Polo et de son frère Matteo.

1253-1255. Voyage de Guillaume de Rubrouck en Mongolie, missionné par Saint Louis.

1253-1268. Ranieri Zen doge de Venise.

1254. Naissance de Marco Polo à Venise en l'absence de son père Nicolo.

1258. Prise et sac de Bagdad par les Mongols.

1260-1294. Koubilaï Grand Khan.

1260. L'usage du papier-monnaie est imposé sur l'ensemble des territoires chinois administrés par les Mongols.

1261. Les Grecs reprennent Constantinople. Michel Paléologue empereur.

1264. Nicolo et Matteo Polo quittent Boukhara pour la Chine.

1265. Nicolo et Matteo Polo rencontrent Koubilaï Khan en Mongolie.

1268. Mort du pape Clément IV.

1268-1271. Réunis à Viterbe, les cardinaux n'arrivent pas à élire un nouveau pape. Au bout de trois ans, ils sont enfermés et mis au pain sec et à l'eau. Ainsi est née la tradition du conclave (*cum clavis*, sous clé). Élection de Grégoire X.

1268-1275. Lorenzo Tiepolo doge de Venise.

1269. Retour à Venise de Nicolo et Matteo Polo après une absence de seize années.

1271. Départ de Nicolo, Matteo et Marco Polo en vue de retourner chez Koubilaï Khan.

1271-1276. Pontificat de Grégoire X.

1274. Les Mongols échouent dans leur tentative d'envahir le Japon.

1274-1276. Les Mongols partent à la conquête de la Chine du Sud.

1275. Arrivée des Polo à la cour de Koubilaï.

1275-1280. Jacopo Contarini doge de Venise.

1276. Les Mongols prennent Hangzhou, la capitale des Song du Sud. La Chine passe entièrement sous leur autorité.

1276-1291. Nombreuses missions de Marco Polo dans l'empire de Koubilaï Khan, en Chine, en Birmanie, à Ceylan, au Champa, en Inde...

1280. Second échec des Mongols au Japon.

1290. Fin du royaume croisé en Terre sainte.

1291. Jean de Montcorvin, missionné par le pape Nicolas IV part de Tabriz pour la Chine.
Les Polo sont autorisés à rentrer en Europe après un séjour de Marco en Inde.

1293-1294. Les Polo arrivent en Perse à Ormuz avec la princesse Cocaçin [Cocasin].

1295. Les Polo sont de retour à Venise.

1298. Les Génois infligent à Venise une cuisante défaite navale à Curzola. Marco Polo est prisonnier à Gênes depuis deux ans, à moins qu'il ne le soit à la suite de la bataille de Curzola. Il rencontrera Rustichello de Pise, probablement prisonnier à Gênes depuis 1284. Il lui dicte le récit qui deviendra le *Devisement du monde*.

1299. Paix entre Venise et Gênes. Libéré, Marco Polo rentre à Venise. Les premiers manuscrits connus du *Devisement* apparaîtront quelques années plus tard.

1300. Marco Polo se marie avec Donata Baoder. Ils auront trois filles : Fantina, Bellela et Moreta.

1307. Marco Polo remet à Thibaud de Cepoy un manuscrit du *Devisement* pour Charles de Valois.

1324. *8 janvier* : mort de Marco Polo (comme l'année vénitienne commençait le 25 mars, les registres notent sa mort en 1323).

1355. Les Chinois se révoltent contre les Mongols.

1368. Proclamation de la nouvelle dynastie chinoise Ming qui remplace les Yuan (Mongols). Elle durera à Pékin jusqu'en 1644.

1453. Prise de Constantinople par les Turcs.

1485. Naissance du géographe Giovanni Battista Ramusio, auteur en 1550 du recueil de navigations et voyages *Delle navigazioni et viaggi* qui jouera un grand rôle en faveur de la célébrité de Marco Polo.

RÉFÉRENCES BIBLIOGRAPHIQUES

ÉDITIONS DU *DEVISEMENT* EN FRANÇAIS

Arthur Christopher MOULE et Paul PELLIOT, *Le Devisement du Monde*. Version française de Louis Hambis. Introductions et notes de Stéphane Yerasimos, Phébus, 1996. C'est l'édition que nous avons choisie pour ce livre.

Philippe MÉNARD (sous la direction de), *Le Devisement du Monde*, édition critique en ancien français, six volumes, Droz, 2001-2009.

Pierre-Yves BADEL, *La Description du Monde,* Le Livre de poche, 1998.

René KAPPLER, *Le Devisement du Monde.* Confrontation de plusieurs manuscrits. Photographies de Roland et Sabrina Michaud, Imprimerie nationale, 2004.

Guillaume PAUTHIER, *Le Livre de Marco Polo,* Slatkine, 1978.

ÉTUDES

Antonio ANIANTE, *Les Voyages Merveilleux. Vie et aventures de Marco Polo*, Mercure de France, 1937.

Ibn BATTUTAH, *Voyages*, trois tomes, La Découverte, 1997.

Christian BEC, *Histoire de Venise*, PUF, coll. « Que sais-je ? », 1998.

Maria BELLONCI, *Marco Polo*, France Loisirs, 1983.

Laurence BERGREEN, *Marco Polo, From Venice to Xanadu*. Alfred A. Knopf, 2007.

Pizzorusso BERTOLUCCI, *Nuovi studi su Marco Polo e Rustichello da Pisa*, Dell'orso, 2001.

Vito Bianchi, *Marco Polo, Storia del mercante che capì la Cina*, Laterza, 2007.
Gabriel Bonvalot, *Le Chercheur de routes, Marco Polo*, G. Crès, 1924.
Luce Boulnois, *La Route de la Soie*. Arthaud, 1963.
Victor Chklovski, *Le Voyage de Marco Polo*, Payot, 1983.
M. Ciccuto, *L'India del Milione*, Bonacci, 1990.
Pierre Daru, *Histoire de la République de Venise*, deux volumes, Robert Laffont, coll. « Bouquins », 2004.
Jean-Pierre Drege, *Marco Polo et la route de la Soie*, Découvertes Gallimard, 1989.
Jacques Gernet, *Le Monde chinois*, Armand Colin, 1972.
—, *La Vie quotidienne en Chine à la veille de l'invasion mongole*, Hachette, 1959.
René Grousset, *L'Empire des steppes*, Payot, 1965.
Michèle Gueret-Laferte, *Sur les routes de l'Empire mongol*, Champion, 1994.
Louis Hambis, *Gengis Khan*, PUF, 1973.
—, *La Haute Asie*, PUF, 1968.
Jacques Heers, *Marco Polo*, Fayard, 1983.
Jean de Mandeville, *Le Livre des merveilles du monde*, CNRS, 2000.
Philippe Ménard, *Marco Polo à la découverte de l'Asie*, Glénat / La Société de géographie, 2009.
Michel Mollat du Jourdin, *Les Explorateurs du XIIIe au XVIe siècle*, éd. du CTHS, 2005.
Leo Olschki, *L'Asia di Marco Polo*, 1957, Civiltà Veneziana Studi, vol. 2, Venise et Rome, Istituto per la Collaborazione Culturale, 1978.
Paul Pelliot, *Notes on Marco Polo*, trois volumes, Imprimerie nationale / Adrien Maisonneuve, 1959, 1963, 1973.
—, *Recherche sur les chrétiens d'Asie centrale et d'Extrême-Orient*, Imprimerie nationale, 1973.
N. Q. Penzer, *Travels of Marco Polo*, 1929.
Jean de Plan Carpin, *Histoire des Mongols*, J. Maisonneuve, 1965.
Giovanni Battista Ramusio, *Delle navigazioni e viaggi*, t. 2, Venise, 1550-1559.
Jean Richard, *Les Récits de voyages et de pèlerinages*. Brepols, 1981.
Jean-Paul Roux, *Histoire de l'Empire mongol*, Fayard, 1993.
—, *Les Explorateurs au Moyen Âge*, Hachette-Pluriel, 2006.
Guillaume de Rubrouck, *Voyage dans l'Empire mongol*, Imprimerie nationale, 1997.

Général Percy SYKES (sir), *À la recherche du Cathay*, Payot, 1938.
Jules VERNE, *Marco Polo*, Magellan & Co, 2005.
Hiroshi WANATABE, *Marco Polo Bibliography, 1477-1983*, Toyo Bunkio, Tokyo, 1994.
Frances WOOD, *Did Marco Polo go to China ?*, Reed Books Limited, 1995.
Henry YULE, *The Book of Ser Marco Polo*, John Murray, 1871.
Alvize ZORZI, *Vie de Marco Polo, voyageur vénitien*, Robert Laffont, 1983.
—, *La République du Lion. Histoire de Venise*, Perrin, 1988.
Paul ZUMTHOR, *La Mesure du monde*, Le Seuil, 1993.

NOTES

OUVERTURE

1. Jacques Heers, *Marco Polo*, Fayard, 1983.

EN ROUTE

1. Marie Hélène Fraïssé, *Découvreurs d'Amériques*, Albin Michel, 1991.

ÉNIGMES

1. Aurel Stein, *Ruins of Deserts Cathay,* Macmillan, 1912.

LE PÈRE ET L'ONCLE

1. Pierre-Yves Badel, *La Description du monde,* édition de Pierre-Yves Badel, Le Livre de poche, 1998.
2. Diodore de Sicile, *Bibliothèque historique*, traduction de l'abbé Terrasson. Texte cité in Joël Schmidt, *Alexandre le Grand*, coll. « Folio biographies », Gallimard, 2009.

CONVERTIR LES MONGOLS ?

1. Alvise Zorzi, *Vie de Marco Polo voyageur vénitien*, Robert Laffont, 1983.

2. *Ibid.*

3. Pierre Daru, *Histoire de la République de Venise*, t. 1, Robert Laffont, 2004.

DE L'ARMÉNIE À LA CHINE

1. Plutarque, *La Vie des hommes illustres*, traduit du grec ancien par Jacques Amyot, Gallimard, 1937.

UNE HALTE SI PRÈS DU BUT

1. Presbyter Johannes, *La Lettre du prêtre Jean une utopie médiévale*, Imago, 2001.

L'EMPEREUR DU BOUT DU MONDE

1. Général Percy Sykes (sir), *À la recherche du Cathay*, Payot, 1938.

2. Guillaume de Rubrouck, *Voyage dans l'Empire mongol. 1253-1255*, traduction de Claude-Claire et René Kappler. Photographies de Roland Michaud, Imprimerie nationale, 1997.

3. *Ibid.*

4. Philippe Ménard, *Marco Polo à la découverte du monde*, Glénat/La Société de géographie, 2007.

MISSIONS EN CHINE DU SUD

1. Guillaume de Rubrouck, *Voyage dans l'Empire mongol, op. cit.*

2. Italo Calvino, *Les Villes invisibles*, traduit de l'italien par Jean Thibaudeau, Le Seuil, 1996.

3. André Malraux, *Le Démon de l'absolu*, Gallimard, coll. « Bibliothèque de la Pléiade », 1996.

4. André Malraux, *La Métamorphose des dieux*, Gallimard, coll. « Bibliothèque de la Pléiade », 2004.

LA CLÔTURE DU PÉRIPLE

1. Alvise Zorzi, *Vie de Marco Polo voyageur vénitien, op. cit.*
2. Notes, in *Le Devisement du monde*, Phébus, 1996.
3. Alvise Zorzi, *Vie de Marco Polo voyageur vénitien, op. cit.*
4. O. V. de L. Milosz, *L'Amoureuse initiation*, Le Serpent à plumes, 2004.

EN FAIRE UN LIVRE?

1. Alvise Zorzi, *Vie de Marco Polo voyageur vénitien, op. cit.*
2. *The Description of the World*, 4 vol., Londres, 1938.
3. Alvise Zorzi, *Vie de Marco Polo voyageur vénitien, op. cit.*
4. Jacques Heers, *Marco Polo, op. cit.*
5. *Ibid.*
6. *Ibid.*

LA FORTUNE D'UN TEXTE

1. Jacques Heers, *Marco Polo, op. cit.*
2. *Le Devisement du monde*, édition de Philippe Ménard de l'original en ancien français, Droz, 2001.

ANNEXES

FOLIO BIOGRAPHIES

Alexandre le Grand, par JOËL SCHMIDT

Lou Andreas-Salomé, par DORIAN ASTOR

Attila, par ÉRIC DESCHODT. Prix « Coup de cœur en poche 2006 » décerné par *Le Point*.

Bach, par MARC LEBOUCHER

Joséphine Baker, par JACQUES PESSIS

Balzac, par FRANÇOIS TAILLANDIER

Baudelaire, par JEAN-BAPTISTE BARONIAN

Beethoven, par BERNARD FAUCONNIER

Sarah Bernhardt, par SOPHIE AUDE PICON

Bouddha, par SOPHIE ROYER

James Brown, par STÉPHANE KOECHLIN

Maria Callas, par RENÉ DE CECCATTY

Calvin, par JEAN-LUC MOUTON

Camus, par VIRGIL TANASE

Le Caravage, par GÉRARD-JULIEN SALVY

Casanova, par MAXIME ROVERE

Céline, par YVES BUIN

Jules César, par JOËL SCHMIDT

Cézanne, par BERNARD FAUCONNIER. Prix de biographie de la ville de Hossegor 2007.

Chaplin, par MICHEL FAUCHEUX

Chopin, par PASCALE FAUTRIER

Cléopâtre, par JOËL SCHMIDT

Albert Cohen, par FRANCK MÉDIONI

Colette, par MADELEINE LAZARD

Christophe Colomb, par MARIE-FRANCE SCHMIDT

Marie Curie, par JANINE TROTEREAU

James Dean, par JEAN-PHILIPPE GUERAND

Debussy, par ARIANE CHARTON

Dickens, par JEAN-PIERRE OHL

Diderot, par RAYMOND TROUSSON

Marlene Dietrich, par JEAN PAVANS

Dostoïevski, par VIRGIL TANASE

Albert Einstein, par LAURENT SEKSIK

Fellini, par BENITO MERLINO

Flaubert, par BERNARD FAUCONNIER

Freud, par RENÉ MAJOR et CHANTAL TALAGRAND

Gandhi, par CHRISTINE JORDIS. Prix du livre d'histoire de la ville de Courbevoie 2008.

Federico García Lorca, par ALBERT BENSOUSSAN

De Gaulle, par ÉRIC ROUSSEL

Geronimo, par OLIVIER DELAVAULT

Goya, par MARIE-FRANCE SCHMIDT

Jimi Hendrix, par FRANCK MÉDIONI

Billie Holiday, par SYLVIA FOL

Victor Hugo, par SANDRINE FILLIPETTI

Ibsen, par JACQUES DE DECKER

Jésus, par CHRISTIANE RANCÉ

Janis Joplin, par JEAN-YVES REUZEAU

Kafka, par GÉRARD-GEORGES LEMAIRE

Gene Kelly, par ALAIN MASSON

Kennedy, par VINCENT MICHELOT

Kerouac, par YVES BUIN

Lapérouse, par ANNE PONS

Lawrence d'Arabie, par MICHEL RENOUARD

Franz Liszt, par FRÉDÉRIC MARTINEZ

Louis XIV, par ÉRIC DESCHODT

Louis XVI, par BERNARD VINCENT

Auguste et Louis Lumière, par MICHEL FAUCHEUX

Machiavel, par HUBERT PROLONGEAU

Maupassant, par FRÉDÉRIC MARTINEZ

Bob Marley, par JEAN-PHILIPPE DE TONNAC

Mermoz, par MICHEL FAUCHEUX

Michel-Ange, par NADINE SAUTEL

Mishima, par JENNIFER LESIEUR

Modigliani, par CHRISTIAN PARISOT

Moïse, par CHARLES SZLAKMANN

Molière, par CHRISTOPHE MORY

Marilyn Monroe, par ANNE PLANTAGENET

Jim Morrisson, par JEAN-YVES REUZEAU

Mozart, par JEAN BLOT

Musset, par ARIANE CHARTON

Napoléon, par PASCALE FAUTRIER

Nerval, par GÉRARD COGEZ

Nietzsche, par DORIAN ASTOR

Pasolini, par RENÉ DE CECCATTY

Pasteur, par JANINE TROTEREAU

Édith Piaf, par ALBERT BENSOUSSAN

Picasso, par GILLES PLAZY

Marco Polo, par OLIVIER GERMAIN-THOMAS

Louis Renault, par JEAN-NOËL MOURET

Rimbaud, par JEAN-BAPTISTE BARONIAN. Prix littéraire 2011 du parlement de la Fédération Wallonie Bruxelles.

Robespierre, par JOËL SCHMIDT

Rousseau, par RAYMOND TROUSSON

Saint-Exupéry, par VIRGIL TANASE

George Sand, par MARTINE REID

Madame de Sévigné, par STÉPHANE MALTÈRE

Shakespeare, par CLAUDE MOURTHÉ

Stendhal, par SANDRINE FILLIPETTI

Jacques Tati, par JEAN-PHILIPPE GUERAND

Tchekhov, par VIRGIL TANASE

Toussaint Louverture, par ALAIN FOIX

Van Gogh, par DAVID HAZIOT. Prix d'Académie 2008 décerné par l'Académie Française (fondation Le Métais-Larivière).

Verdi, par ALBERT BENSOUSSAN

Verlaine, par JEAN-BAPTISTE BARONIAN

Boris Vian, par CLAIRE JULLIARD

Léonard de Vinci, par SOPHIE CHAUVEAU

Wagner, par JACQUES DE DECKER

Andy Warhol, par MERIAM KORICHI

Oscar Wilde, par DANIEL SALVATORE SCHIFFER

Tennessee Williams, par LILIANE KERJAN, prix du Grand Ouest des écrivains de l'Ouest 2011.

Virginia Woolf, par ALEXANDRA LEMASSON

Stefan Zweig, par CATHERINE SAUVAT

Composition Bussière
Impression Maury-Imprimeur
45330 Malesherbes
le 7 juin 2013.
Dépôt légal : juin 2013.
1er dépôt légal dans la collection : septembre 2010.
Numéro d'imprimeur : 182884.

ISBN 978-2-07-030747-0. / Imprimé en France.

256219